献给我的父亲和母亲

初

郭初诗集

郭初 ◎ 著

新华出版社

图书在版编目（CIP）数据

初：郭初诗集 / 郭初著. — 北京：新华出版社, 2020.11

ISBN 978-7-5166-5541-2

Ⅰ. ①初… Ⅱ. ①郭… Ⅲ. ①诗集—中国—当代 Ⅳ. ①I227

中国版本图书馆CIP数据核字（2020）第223817号

初：郭初诗集

作　　者：郭　初	
责任编辑：蒋小云	装帧设计：李尘工作室
出版发行：新华出版社	
地　　址：北京市石景山区京原路8号	邮　　编：100040
网　　址：http://www.xinhuapub.com	
经　　销：新华书店	
新华出版社天猫旗舰店、京东旗舰店及各大网店	
购书热线：010-63077122	中国新闻书店购书热线：010-63072012
照　　排：李尘工作室	
印　　刷：三河市君旺印务有限公司	
成品尺寸：125mm×190mm	
印　　张：9.75	字　　数：80千字
版　　次：2020年11月第一版	印　　次：2020年11月第一次印刷
书　　号：ISBN 978-7-5166-5541-2	
定　　价：58.00元	

版权专有，侵权必究。如有质量问题，请与出版社联系调换：010-63077124

郭初

诗人,编辑。毕业于北京大学,长期从事新闻编辑工作,现为新华社《新闻业务》编辑。诗歌作品散见于《新华诗叶》《品读》等刊物。

诗集精选郭初近年创作的一百三十余首诗歌，分为"落日入夜，只为托起黎明""二十四节气（组诗）""打结的雨线""阁楼的窗户开向大海"四辑，呈现了作者想象力和创造力持续展开的心灵地图。作者认为，诗歌本质上追求准确性和全整性。它要求诗人具有一种特别的洞悉世界的感受力和直觉力；无论诗歌表达的是怎样的苦痛和绝望，都应作为穿过迷雾走向澄明的希望体验，从而扩展出生命生存的诗意空间。语言是诗人的爱和怕，诗人在对语言的锤炼和精进中回应生活，实现超越；以冷静的激情，理智的情感，形成一种体验、谛观、思考当下的生命写作。

目录

辑一
落日入夜,只为托起黎明

002　拿什么回应远方的微笑
004　故乡的日光浴
006　落日入夜,只为托起黎明
008　荷与铅笔
010　必要的矫情
012　珍珠
015　天鹅与雪
018　呼吸在别处
021　最后一场雪
024　仙人掌
026　金蝉
028　悔棋
031　后悔,折返于无伞的雨夜

033　等雪的寒冬

035　残缺美学

038　垂悬于虚空的钟摆

040　你的来信

042　梦记

044　梅园划定的边界

047　悬崖边的孤注

049　并非偶然

050　不断后退的堤坝

052　你用伤痕敲碎了我的虚妄

054　高脚杯里的重复

057　海螺

059　埋伏着休止符的甜甜圈

061　模仿

064　弄丢了返程票的出发

066　苹果

069　对冲

071　天使与悲剧

073　咬钩的视频

075　起风了，想撒个谎

077　咳，又来了……

079 不一样的（组诗）
  一 不一样的年 __079
  二 不一样的城 __081
  三 不一样的雪 __083
  四 不一样的口罩 __085
  五 不一样的勒痕 __087
  六 不一样的春天 __089
  七 不一样的重启 __091

辑二
二十四节气（组诗）

094 立春
096 雨水
098 惊蛰
101 春分
103 清明
106 谷雨
109 立夏
111 小满
113 芒种

115 夏至
118 小暑
120 大暑
123 立秋
125 处暑
128 白露
130 秋分
134 寒露
136 霜降
138 立冬
140 小雪
142 大雪
144 冬至
146 小寒
148 大寒

辑三
打结的雨线

152 后来
154 你把名字写在风里

157 一横，一竖，或者生命的坐标
160 他想知道光和影是怎么打招呼的
162 停一停吧，你真美
164 谢谢你，绊脚石
166 在冰裂之前迈出下一步
168 直到下雨，他才发现老宅是漏的
170 然而，人是什么呢
172 蝙蝠
175 标尺
177 草莓
179 除夕回旋曲
182 打结的雨线
185 蛋壳涂鸦上的真
187 冬日里的驯鹿
189 根之言
191 凌乱的翅膀
193 拐角处的岁暮钟声
195 湖畔的长椅
197 回形针
200 雪山上的温泉
202 看之你我他

204　荔枝

206　留白

208　没有女人的女人节

210　葡萄

212　秋的既视感

214　全息拼图

217　榕树的气生根

219　三道选择题

222　三月的柳

辑四
阁楼的窗户开向大海

226　删除线下藏着离你最近的诗行

228　霍珀的光

231　结束了

233　一棵树,从岁月的指缝间升起又消失

236　少女的微笑

238　诗的母语

240　天窗

242　星空,是你手中的一把细沙

244 雪花梨

246 一个安静，紧紧抱住战争

249 回头的艾略特

251 一只乌鸦把虚空飞越成峡谷

253 樱桃

255 记忆的橡皮擦

257 早春里的白玉兰

260 掌纹上的悬索桥

262 没有你的日子

264 小于一

266 信天翁

268 早晨 7 点

270 诗，或者桥

272 七月

274 桅杆上的海鸥

276 俄罗斯套娃

278 水仙花

280 你走了以后（组诗）

  一　无聊__280

  二　饕餮__282

  三　傲慢__284

四　尘埃 __286

288　好吧……

290　我的猫

292　阁楼的窗户开向大海

294　再陪我走一段吧

辑一

落日入夜
只为托起黎明

拿什么回应远方的微笑

一抹夕阳,透过窗户打在墙上,不紧不慢地
扫描着堆满了书刊,和杂物的房间
他枯坐于昏暗的角落,两眼发直
有一搭没一搭地随手翻开一本旧书

这本书早就买了,尘封多年,却从未阅读
书脊已经开裂散架,纸页一张张脱落
他感到厌倦,不想再去修补了
呆滞的目光下,双手机械地撕毁泛黄的书页

就像撕碎没有用过的时间,和苍白的岁月
他想起了老宅,枯井,寒冷的
夜空,叉状闪电下,惊飞的乌鸦与麻雀
想起了那些后悔的事,羞愧的事

倘若能像撤回一条信息那样删掉就好了
也许,清零的虚空,白茫茫的
冬雪,干净无字的白纸,没准儿
真的是在提醒,一个幸运的机会即将到来

他站起身,推开窗户,东方
已然露出鱼肚白,环卫工人专注地
清扫路面,丝毫不理睬鸟儿的叽叽喳喳
当微弱的晨光开始整理夜晚的

凌乱和失序,他忽然发现
河对岸的丛林里,那献祭于春的少女
从微风中醒来,揉了揉眼睛,缓缓地站起
以新的舞姿,回应远方那含泪的微笑

故乡的日光浴

锈蚀的门环,无精打采地
面对着这个不知是谁创造的异乡
也不知从何时起,总是会有
那么一阵风,没头没脑地突然发力
裹挟着来路复杂的情绪,撞向

那道窄窄的冷门,然而
受伤的从来都不是门,反倒是风
冬至刚过,走在异乡湿冷的孤寂里
脚前长长的影子,也许是夕阳
用心完成的一幅印刷品吧,可是

又有谁会读懂这令人心碎的提醒呢
从手机里溢出的信息碎片
就好像散落于别处的陶瓷马赛克

还能找到自己在原初图案中的位置吗
唉，为何要到闪电向悲凉的死寂叫板时

才会省悟：原来，只有故乡的日光浴
才能让没着没落的心真正安顿下来
也不再被黑夜操纵的苦闷诱陷
可问题是，假如当初就知道真相
还会不会选择离开故乡，放弃日光浴呢

落日入夜,只为托起黎明

一看到黄昏用寓言吓唬倦飞的归鸟
浑圆的海上落日便抖了抖肩膀,准备开工
它反复默念着那个古老的约定,那个

光与海,曾经在白色的鸥羽上签下的信赖
当一阵微风缓缓吹过,从镜头右侧
淡入的鸥鸟,边飞边收起翅膀,停落于

桅杆的最顶端,静静地看着落日
看着它是怎样燃烧自己,带着金色的火焰
没入海面,又是怎样在安静得

有点恐怖的漆黑里,独自开凿出
一条弧度完美的时光隧道
当东方渐渐露出鱼肚白,那即将燃尽的落日

便用最后仅剩的一口气,奋力托起黎明
日出的海面,想象力从不缺席,总是会挑起
让朝霞在慌乱中颤抖一会儿的震撼

如果你愿意,还可以借用鸥鸟的羽翅
在黄昏与黎明之间,探索飞翔的姿势和技巧
但前提是,允许时光隧道穿过你的头颅

荷与铅笔

踮起脚尖的日子,即使看上去
宛如芭蕾舞般优雅,可一旦
重心失去平衡,能依然不变形地
撑下去的可能性总是可疑的
这跟牙关咬得紧不紧没什么关系

自从你把自己调制成了
比沙沉还要沉沙的虚己模式
那支原木色的三角杆铅笔
便在你的右手指间,用另类的
记谱法,将一曲纯音乐低旋于

荷花池的池底,这秘密
荷是知道的;可危险的是,倘若
有一天被脚尖弄懂了,到时候

真正的疼痛,便不再出自于
脚上滴血的伤口,而是更深邃的

撞向鬼门关般的恐惧,和战栗
的确,如果从未闻过死亡的味道
就不大可能辨识出正宗的
伪善之花的气味;要不怎么会
一看见你削铅笔,荷便开满了天空

必要的矫情

我累了,想去看一看大海
所有的这一切都拿去吧
郁金香杯子里的天人合一

和躲藏于面具下分裂的"我"
再也用不着摁住自尊,去讨好差序梯链上
那从不使用大调性,但却比虚构

还要想象力的人设之吊诡了
餐桌旁,僭越于超验座椅的喵星人
安静地看着从眼皮子底下起身离开的

爱情维生素药片,在
揉碎的经验嘀嗒声里过了期
梦里的夜莺,只要一叫

那不受人待见,且名声实在差劲的嫉妒
便会成功地欺骗自己一回
下雨了,当乌云按下大海相机的快门

就在"咔嚓"一声的刹那之间
被雷电劈倒的棕榈,断裂处又长出了
新的枝叶,而作为词语的"咔嚓"

词频也跟着刷新了一次
也许,这便是为什么,我的行囊里
除了语言,什么都没有的原因吧

珍 珠

词语出没的现场,如同

大数据掌控下的后台

裸露得不留一点隐私

按一下切换键

阳光,沙滩,海风,再加上

初恋,音乐,咖啡

怎么搭配,都是一幅

挨着天堂的美景。转过身

海面的波光精灵般

粼粼着魔笛带给苦海的口信

海鸥轻掠海面,炫技于

漂亮的捕鱼弧线,而鸥鸟

嘴里挣扎的鱼的绝望,却奏响了

柴可夫斯基的悲怆交响曲
远处,若隐若现,仿佛仙境的
海中孤岛,底片影调着
闭环逻辑高仿出的独立事件
记忆中,黑暗的海底

龙腾鱼跃,高智商的愚蠢
打着旋儿争竞于圈套里
那虚幻的鄙视链;当费尽
比蜀道还难忍受的煎熬
爬上孤岛,却发现
梦寐追寻的,不过是

正在融化的虚妄味的雪糕
神坛上的乡愿,自鸣于

被粉的得意;一晃神儿
李白的留白罩住了整个孤岛
如今,从这黄金般的海岸
远眺,岛上西西弗斯永罚的

喘息声,依然荒诞着
人性之幽幽的荒诞。还好
还好孤岛只是海的一部分,海
也只是光照的一部分,如同
那温润的珍珠,包容,更像是
送给残缺的一个面子而已

天鹅与雪

当我从鹅毛般的大雪中
分辨出是天鹅,还是雪的时候
雪花便晶莹着融化于鹅羽

倘若稍稍不留神
看走眼,抑或看不清的时候也是有的
比如,踩着骄傲之梯远眺

缥缥缈缈中,天鹅展翅于
无边的白,仿佛气场巨大的
软体吸盘,混沌着怅惘的

无穷动柔板,眨眼之间
便优雅地吞噬一切;咬断
时间脐带的刹那,下意识地倒吸

一口凉气，发冷的脊背
搂紧发麻的头皮，遁隐于泪影
雪还在下，抬眼于空镜

若对位以神话中悟道时的
喟叹音效，仰天闲步作看透一切状
则入画即入化。在这里

在这原本的中转站掉头回身
何时起竟成了意会的玄妙终点呢
那比北方更靠北的美景

被狐狸尾巴不经意地一扫，轻松归零
一键即永久删除了天鹅与雪的约定
远处，柔暖的天鹅绒斗篷

从皑皑的雪山肩上缓缓滑落
好在,传说也并非不靠谱
比如,未经天鹅签名的雪总是冷的

呼吸在别处

雾霾来了,满街的口罩
梦游般穿行于集体的孤独
一抬眼,路旁树枝上的
乌鸦,俯瞰着陌生的
口罩晃来晃去;在与乌鸦
困惑且怜悯的眼神对视的瞬间
人类的自尊心被刺破流血

强忍着疼痛,躲藏于
口罩背后,舔舐着缝合着伤口
比多疑更阴谋论,雾霾
受贿于黑夜,毁掉了
白皙红润的昼颜,仔细嗅
有股高级黑的味道倏忽飘过
眼下,内容复杂的空气

越来越浓稠,整个世界仿佛
陷入高密度的泥浆之中
焦躁着艰难蠕动;那脱水的
泥浆搅拌着时光,渐渐
板结成硕大的乌木口罩,朝着
太阳径直罩了过去,远眺
就好像给金色的美瞳

打了一块黑色补丁;后来
这档丑闻被编结成长长的
小辫子,拧巴于名字的后缀
一直痕迹着巨婴的无知
那从未在意过的呼吸,如今
却被雾霾绑架;窒息的
恍惚中,仿佛回到记忆的

尽头，回到时间停止嘀嗒的
拐角；现身于现场，那清新
熟悉的气息，吹掉口罩，也吹开
雾霾反锁之门；定了定神
原来，真正的呼吸在这里
倘若用乌鸦的母语表述
意思就相当于：呼吸在别处

最后一场雪

这是最后一场雪,细细的
仿佛最后一次机会,就连
地上的反光也赌徒般孤注地扎眼
那崩裂的星月之碎屑落入雪中
忽闪着夜空的古老呢喃
一阵微风吹过,嬉戏玩闹的
金翅雀搅得冷杉树上的雪绒花
不得不露一下精灵般的飘落
而躲在枝桠上的长耳鸮滴溜着
圆圆的大眼睛目送着雄狮
走出动物园回归于熟悉的丛林

雪,这最后的雪究竟是什么
为何如此不同?不服老的
白色音符上起伏着怎样的调性

C大调，抑或A小调？有时
选择倘若使起性子来可就像掷骰子
概率着我们的运气。你看
十字路口的标示牌被这最后的雪
像刷屏一样刷新着；其实
真正的好运气是那一直隐藏在
雪后路标里的耐心的等待
等待着与你回望的眼神的刹那相遇

这最后的雪，这耀眼的白
刺痛了眼底的神经，当眼球
如同旋转的地球仪，向内旋转
半圈，雪，最后的雪，便撑开了
无边的沉静，邀请里尔克的
天使们派对于原初现场之战栗

终于,当雪开始慢慢融化
再也兜不住的诗之泪便滴落于
圆月的脸颊;而此时,倘若截屏
这悖论的决定性一瞬,没准儿
还会截获那无名的幸运之浆果呢

仙人掌

记忆的深处,矗立着
世界尽头的界碑,在这里
盔甲和钢刺,包裹住
它的柔嫩;带着故乡的

密钥,落入凡尘喧嚣
异乡客的身份,隐秘的
痕迹,知底的人并不多
而邂逅,也意味着精致的

麻烦和灾难,意味着
不得已的变形,就像
被巴赫G弦上的咏叹调轻抚过

七月,是它的花季

花与叶,悖论于独特的格调中
我嫉妒它,不必在乎

周围眼光的阴晴;不必
红着眼睛刷存在感;在它看来
能有更多的知音,洞穿
坚硬的甲胄,呼吸伤口里
飞出的悲悯,就够了。或者

在枯寂的漫漫长夜,偷饮
诗意的茎汁花蜜,依照它
修剪雕刻我们的命运,尊严于
音乐羽翅上的泪滴
活出仙人掌般的赞美诗

金　蝉

喜欢看你在睡梦中的样子
这让我想起，词语结束时
最后的一笔或一划，想起了
一个好故事的奇妙结局
就好像你手里这沉香缭绕的

绝版之孤本的末页；当然
还有那被翻来覆去磨得
起了毛边的冒号和叹号
知道吗，这摇篮曲般的睡眠
接通了你我和你我之前的

记忆；倘若遇到好天气
便有可能窃听到对岸
那早已被我们遗忘的母语

湖畔垂柳上的金蝉，想必是
听懂了风儿捎来的名词

和名词的娓娓呢喃，在脱下
紧绷绷的外衣，抖落掉
羽翅上的碎影后，悄然
钻进你的梦里，待清香的

抹茶飘洒进宁静的午后
它便衔起诗之罗盘，腾跃于
梦之高窗，头也不回地
飞向那另一种叙事的老家

悔　棋

一直想跟你说说话，虽然我
早已学会了你的语言，以至于
比我的母语说得还要流利
直到有一天，晚霞染红了

汹涌的波涛，那愤怒的公牛
径直扑向大海，霞光中
一滴鲜血凄美于浪尖，终于
我杀死了自己。世界的尽头

光和影张力于边界栅栏的
内与外，卡住了我那褪了色的
红舞鞋。低头一瞥，底围的
阴影里凌乱着破败的桂冠

和随风飘摇的残荷。这窄窄的
边界就像仪表刻度盘的原点
让一切结束于零,又让一切
开始于零。记得你在诗里

曾经暗示过:把句号抛锚般
锚定于你的语言词库里
便可越界。虽说这是典型的
小概率事件,我想我是幸运的

自隐隐然于你的语言之气韵
叽叽喳喳的鸟儿便乖乖地
归巢;那奔腾的骏马,伴随着
最后的一声嘶鸣,掉转头

沿着来时路,独自默默地回家
在你的语言里,"后悔"
意味着可以像悔棋那样重新
来过,意味着,可以将自己的

影子像钓鱼甩竿般抛回
往日的烟火;远眺,仿佛
上演于天地间的提线木偶戏
谛观着自己的精湛演技

你知道,木偶笑脸上滴落的
热泪,确乎源自于你的
语库里那唯一能够焐热虚空
和寒夜,且会飞的动名词

后悔,折返于无伞的雨夜

多年以来,他做事,然后后悔
再做事,然后,再后悔,却始终逃不出
半空中盘旋的苍鹰在地上的投影

登高远眺时,慨叹会隔着云雾挑动悲怆
然而,眼角的泪却无法告诉他
沧海和桑田,还需要完成多少次互换

才有可能在小概率事件中
获得一次走出时间黑洞的幸运奖赏
他捋了捋发黄的记忆,忽然想起溺水时

向他伸过来的援手,竟然跟
从背后将他推向悬崖的,是同一只
白胖胖的大手。可是,那又怎样

后悔,还不是照旧折返于无伞的雨夜
这总是被虚幻擦伤的气喘吁吁
难道真的是来自神秘园那智慧之果的诅咒吗

等雪的寒冬

说好的雪未至,可怜的寒冬
搓着皴裂的双手,苦守着
渐冷的耐心,在昏暗的拐角处

皱着眉原地打转;那干冷的
北风,犹如脱了缰的野马
穿过生命的漏洞,绕开

虚构的白雪,嘶鸣着撞破苍穹
行于无雪的寒冬,很多时候
就好像遭遇界标被涂抹,方向

被篡改,那背离春天的面孔
也便缓缓地褶皱于模糊的
逆光之剪影;飞越于飞雪

原本是冬与春之间的密约
而雪的缺席，则意味着毁约，意味着
无春之春的指控即将到来

残缺美学

残缺,是一道古老的风景
漏洞内,往往隐藏着最美的悲剧
你看,俄狄浦斯的悔恨之泪
缓缓地流淌在,哈姆雷特的
复仇之剑上;漫步于晚秋的池畔

残荷,蘸着落日余晖,草书着
李商隐那谜一般的《锦瑟》
半卷的落叶,深谙配器法的精妙
在赏玩风的千变之时,如入万化之境
古柏背后,马勒的爱与死

挣脱掉门德尔松的精灵,向虚空逃亡
挪开残垣和断瓦,窥探一下
柏拉图的隐喻之洞穴,那双

看了不该看的眼眸,依然
囚于两难,没着没落地眨个不停

很多时候,探险,即绝望
在敲碎时空和意义,试图拆除
那怎么也撞不破的虚无之墙时
若不自欺欺人,就算,理性的
蓝色之光足够启蒙,古老的

呼吸法的招式,也足够太极
甚至于,把轮回之迷魂阵
布局在,玄奥的星空之漩涡里
也还是逃不出,比不买账
还要冥顽的虚无那驯化臣服般的围困

算了,还是换个思路试试吧,比如
选择一个风雪交加的寒冷冬夜
盖上皑皑的积雪,深度潜入
死亡般的冬眠耐心等待,等待
多年以后,当一股清风,击穿

虚无,撞碎荒谬,便可能有机会
把坐标原点,钉进死神雕花椅的后背
在最高级的存在系统里,透过
新的呼吸,体验胺多酚浓度的变化
以便重新谛观,苍穹下,那永恒的残缺之美

垂悬于虚空的钟摆

自从垂悬于虚空的巨大钟摆
把西绪弗斯放逐的喘息声,嘀嗒在
白鹭和它脱落的飞羽之间那不可剪辑的

爱与死之相互折磨当中
精通辩证法的狼,便叼起苦寒
带着滴血的伤口逃出丛林,可是,刚刚抵达

荒漠的尽头,却在一声绝天的哀号声中
弄丢了被痛苦浸泡过的主题
一抬头,对面池塘里,不声不响的夏荷

空手套走了雪山的冷风,隔空煽动
晚秋里的残荷,让它熬夜为莲蓬题写墓志铭
而窜来窜去的鱼,晃着脑袋,打探

淤泥里被刻意忽略的藕对此事是怎么看的
可问题是,藕的看法真的重要吗
从死亡之河的对岸飞回的青鸟,划破了

云朵诡谲的夜空,去蔽的现场
那藏身于钟摆背后,一边上紧发条
一边不慌不忙地咀嚼着虚无的,究竟是谁呢

你的来信

不小心的一脚踩空,从火星的
边缘坠入无边黑暗的太空时
我听见恐惧大声喊着"我害怕"
"我害怕",在我的耳畔犹如

在悬崖峭壁之间反复回响
很多时候,我比恐惧更战栗
但却失声于苟且,梦里的
呐喊,终究也只是假装的无畏

就像给无奈抹上谎言之果酱
明明知道这不过是场骗局
可又能怎样?迷失于
浑茫漆黑的原始丛林,那莺歌的

低声部,也许是缓缓流淌的
无情绪之绝响,而看似酷炫的
燕舞,即使天使吻过,也难掩
捡食侮辱和伤痛于坟冢的

不堪。树叶上,看不清签名的
恐惧,仿佛死神泛黄的牙齿
正铆足了劲儿,在你我之间
啃咬着岁月那锈蚀斑驳的

印痕。好在,有你的来信
支撑着我,免于这不确定的敲诈
枯坐于窗前,待夜幕降临时
我便默默地钻进你的信里,等你

梦 记

雨霁的湖畔,垂柳,和它的倒影
就像两个谈判高手,古老的边界问题
看起来,仍将继续;抬头时

一只黄鹂,横着越过湖面,有点鲁莽地
打断了水中白杨,对生与死的论辩
倒影里,似乎隐藏着太多的秘密

你看,伤疤上的悲剧,本来是它
举证的关键,却被突然闯入的黄鹂
叼起,挂在枝桠上。然而

比意外还要意外的是,当彼岸的钟声
回响于湖面,从远方快递来的
信息,轻轻地一掠,便又叼走了

倒影里的黄鹂；飞入梦里的
天堂凤蝶，最擅长，绕开因果关系
胆子大到，竟然当着缪斯的面

把一粒尘埃，晕眩成无限；你看
时间之魔方，向星空刚一注册成功
灵感，便击穿毕加索的脑洞

惊悚得，仿佛突发的暴恐事件
而时空的真相，也趁机，悄然渗透进
《亚威农少女》的神秘变形之中

梅园划定的边界

主人还是把自己的宠物猫,告上了
法庭,因为,它打碎了祖传的
青花瓷;不可能招供的猫咪,起先是
一脸的懵,过不多一会儿,眼眶里
便挤满了鄙视,对主人的敬意

至此,想必也,早已失却了大半
对人性幽暗的低估,难免背书于
欲望收买了谎言,有预谋地给火山喷发
设下圈套;倘若,让人的底线
任性地过一把跳水瘾,等到结算时

账单上的机会成本,差不多相当于
比缘木求鱼还要反向的当头棒喝
从梦里,跌落到地面,脚踝骨的碎裂

有的时候,更像是一种馈赠
撕裂的疼痛,有助于,重新校准

被猫玩坏了指针的生命罗盘
空中,鹰隼滑翔的快感,可不只是
弧线的完美,带出的,还有一股
隐隐的,大海和云天,隔空博弈的

潮湿气味;跟快感相比,最高的痛感
距离飘香的梅园,可能会更近一些
趴在云上俯瞰,狭长的白色梅园
在风雪的参与下,仿佛,人之尽头的

边界线;清晨,当一缕阳光
穿过树梢,像绳子一样,绕身一周

在腰部打了个八字结；然后
收紧的光线，提拉起身体，就像
拍摄动作电影时，飞人特技使用的

吊威亚，眨眼之间，便可越过
边界线；这里，春雨后的海棠枝
已经开始发芽了，对虚度，向来就
看不起的蜜蜂，也正匆匆赶来
此后，悬吊于光线，在边界的上方

重复着折返跑运动，便成了每天的
必修课，阴天和夜晚，也从未间断过
每一天，总是一再地，一再地
往返于冬雪，和春雨之间，感受着
泪目里飞出的波粒二象圆舞曲

悬崖边的孤注

按照计划,AI佩剑而至
人类的天花板被装饰一新
炫目的图案甚至比巴洛克式
还要多一个怪异的幻影

半空中,那明晃晃的双刃剑
随着一道闪电炸裂夜空
雪崩与断崖打着配合,截断
回头者的后路。海平线上

那不合群的孤独的水滴
比理解还要误解,不经意间
已被抛甩出阴阳漩涡之外
走进林间小径,斑驳的树影

就好像"古老的敌意",暧昧着
流亡于明暗之间;有的
掐着指头在算法里算命
有的,挽起胳膊钻进脑洞

指挥着海量的数据过筛子
希望淘到那传说中能够
打开天花板的密钥;不过
赌一把还是划得来的,你看

这悬崖边的孤注,如同
触底反弹,即使手气再差
起码,稳赢不输的是
生命脚尖的方向总归是对的

并非偶然

坐在圈椅里的偶然,早餐后
喝了杯咖啡,翻了翻当日的报纸
起身,推开房门时,一头犀牛

正用它利刃般的独角,挑开
历史的亚麻衬衫,时间纽扣
狼藉一地;周边,摇曳的苇草

就好像,围观的野蛮起哄者
投机于短视,把沾满个人之体味的
偏好,喷涂在历史的汗毛孔上

机灵的苇间风,犹如天才的蛇舞者
诱惑,在它看来,比天命更加使命
以至于,文明一看到它与野蛮联袂
便自由落体般,止也止不住地加速跌落

不断后退的堤坝

零和一探戈出的大数据蜘蛛
可谓颠覆想象的新物种
它试图把世界像篮球一样
投入精心编码的互联网袋之中

倘若给它一个名字
它几乎闭着眼睛就能说出
这个人的汗毛孔数目
皇帝的新衣是网中人的

制服;眼下,裸奔正引领着
运动的新时尚;那汹涌的
潮水逼迫着堤坝不断后退
几乎触碰到虚无的衣角

就像做活围棋的两只眼
我用你的语言给自己
起了个网络无法识别的新名字
隐身于新名下,也便有了

自由出入这细密蛛网的特许通行证
镜像着镜像,即使数据蜘蛛的
后台比金刚钻还硬,也依旧
听得见基因里那根软肋的叹息

你用伤痕敲碎了我的虚妄

那时,我已经开始慢慢地变老了
看着窗外的空地上,一只麻雀
不知从哪里飞来,原地转了几圈后,又飞走了

很多时候,人行于世,就好像
电影画面的一个不起眼的淡入,和淡出
被隐去了原初的前提,也化掉了终极的归宿

不知从何时起,闪回的镜头中,总会出现
一个孩子侧仰着脸,挑起一根眉毛,忽闪着
清澈的眼神不停地问你:为什么不可以呀
然而,就在下一秒,孩子的一滴泪
却足以让生命的天平瞬间倾斜

有那么一阵子,我总是戴着金像吊坠项链

从雾蒙蒙的山上下来,开始在
迷宫般的街巷里窜来窜去,希望能够
向别人,也向自己证明点什么
直到你用伤痕,敲碎了我的虚妄

醒来后才发现,一切,原来如此简单
花开与花落,其实是同时发生的
一滴雨,是怎样落下,又是怎样破碎于
拍岸的浪尖,在挣脱海的苦涩之后

蒸发,变形,头也不回地飞向蓝天
像这样的画面,也总是会时不时地浮现于眼前
虽然我已经老了,可是,孤寂的长夜,即使再寒冷
只要有了你那布满暖意的一瞥,就够了

高脚杯里的重复

没错,是在那个冰冷的
雪夜,透过高窗
我看见我的猎犬蜷缩于
高脚杯内;雪,越下

越大,杯身挂满冰碴儿
大约凌晨时分,它死了
后来,你来了,记忆中
你是踏着无边的沉默
歌唱着来的;此后

即使在最寒荒的日子里
冰冷的高脚杯也会
被你温暖的旋律焐热
漫步于湖畔,那冰雪里

飞出的蝴蝶,径直扑向
你的赋格曲,仿佛
腊梅飘香,融入你那
恬适的花园。一转调
窗根底的黑猫,竟然

模仿起孤独骑士的浪漫
当倾尽所有,孤注于
玫瑰,却被枣树上那只
狸猫的冷眼碾碎;它开始
怀疑,传说中那冰冷和

玫瑰的盟约是否靠谱
这莫名的现场,说来
就来,说走就走

比魔法还魔幻;总是
一再地,一再地重复

以至于被重复磨得如同
盘玩了多年的核桃
玲珑着剔透;这重复
蘸着夕阳的碎屑,耐心地
试炼着隐修者的耐心

海　螺

海平线上,轮船与飞机相撞
究竟是事故,还是故事呢
当海鸥,叼走了细节,抹香鲸
像吞噬乌贼般,把事实当作
主食吃掉,真相,就如同

烧红的铁块,在投进冷水时
便"哧溜"一声,陷入黏稠的罗生门
昏蒙的空气里,浓度渐增的
麻木之气味,把控了风的话语权
高枝上的谣言,把玩起真相来

就好像,魔术师手中的道具
让视觉参与误导的,往往隐匿在
欲壑最深处,从古老的亮眼里

折射出来的猎豹扑杀时
那一瞬间的纯粹；幻觉的带入感

让灵魂在客场，临门一脚
踢出了，比贝克汉姆还要弧线的
香蕉球；然而，客场，毕竟
只是客场；倘若，给夹在扑朔，和
迷离之间的事故，建构起

无情无义的故事模型，穿过
忍冬花盛开的廊桥，将其移植进
主场的叙事之中，天气好的话
只需冲个日光浴，便有可能
在退潮后的沙滩上，捡拾到藏身真相的海螺

埋伏着休止符的甜甜圈

超市里,黄昏与黎明同价
共享着同一个条形码
傲慢的偏见常常给黎明
打上黄色的促销标签

风中,时光编结的晾晒绳
一端钉在黄昏里,另一端
则捆绑于黎明。白天

晒一晒那刚刚刷洗过的
已经变了形走了样的
面具和桂冠;到了夜晚

汗湿的衣衫和滴血的伤痛
挂满了虚空;风之弓

刮擦着绳之琴弦,听起来

就像灰色协奏曲被瘆人的
三全音偷袭,磕磕绊绊
兜兜转转于黑白之间那
埋伏着休止符的甜甜圈之中

模 仿

经过敦刻尔克式的撤退之后
鸡蛋,能否碰得过石头,就要看
猎鹰睡醒之后的心情了
当第一缕晨光,穿过树梢,缓缓地

卷起晨雾之帷幔,原来
人生舞台上的原型,都被藏在
这片隐秘的园林里,比镜像还要真相
远远望去,背景有些模糊的异乡

通天塔的模仿,最像回事;在
蜘蛛兰,和树皮螳螂看来,这属于
可敬的工匠精神,运行于天衣般
无缝之针脚的神迹;然而

灯下黑的,是地基的天壤之别
建在时间之河的流沙上,和超时空
雕凿的磐石上,相差的,可不只是
方程式的精美;这起点的鸿沟,意味着

模仿者无奈的叹息,将会在神坛上
偶像那无声的泪滴里回响;虚空
向塔尖发出的邀请,有点不怀好意地
挑逗着倒影里的欲火,看着它

在小丑的亢奋中,自燃于灰烬
角落里,一片飘零的羽毛,钩沉起
记忆深处那飞翔的日子;是的
空中的三叶草上,的确能共时着

时间的过去,现在,和未来
而且,三叶草上的爱情,从来都
不曾凋谢过,没有嫉妒,也没有背叛
甚至,尝试一下三角恋,也不是不可以的

这独家秘方,犹如最高法庭的
终审判决书,让倒影里的
天才模仿者,止步于死神发白的上颚
倘若走运,诞生出传世的爱情悲剧也未可知呢

弄丢了返程票的出发

弄丢了返程票的出发,后来的命运怎样了
当双行线改成了单行线,辨清方向有多重要呢
期待成熟的青涩,困兽般打转于

混乱挣扎的灰色焦虑挤捏着丧之青春痘
悖论的魔性张力,撕碎了鹤唳的苍茫
而心机勾搭着飞檐,依旧滴淌着油腻腻的伪善

让大前提神秘失踪的自负,张开
干裂的嘴唇挑起原始力量,一口吞噬掉
虚无后,便半眯半躺在无限延伸的滑梯上

反刍着虚无,盘玩圆滑于假装的丝滑
晚秋的萧瑟毫无悬念地坠入黄昏
立于甲板,凝视着漏网的梭鱼

那变奏般的摆尾姿态,会不会动机出
摇晃,易折,分叉,且丢失了导航仪的存在当中
究竟有多少,是比计划还要意外的

阴谋论操控的合法化遗漏呢
除夕之夜,驾车驶入环形交叉路口
突然而至的逆行念头,"嘭"的一声,震碎了

面前的挡风玻璃,一道白光
劈开头颅又轻轻合上,而留下的疤痕
却铺展出一条通向归来之路的唯一出口

苹　果

当苹果还是伊甸园的禁果时
据传说,伴随着红唇对红果的
一声清脆的"咔嚓",自由意志
便咬出了这个世界那完美的残缺之美

后来,当垂挂于枝头的苹果
突然之间,被一道蓝色闪电击落
砸开了牛顿的脑洞,一个激灵过后
物理世界的国王便诞生了
而踩着牛背的爱因斯坦,扯下了
一小段时间曲线
用他那孤独的相对论针法
给自己织了双白袜,从此便不再光脚了

再后来,苹果遇上了乔布斯

这数字化的生活，重新翻修，且精装了
我们的日子；手机，就好像
外挂于身体的一个器官，让我们
在奴役和疯癫之间，摇摆孤独与疲惫
倘若数码被贿赂，伪装成筹码
还会进入命运赌场豪赌一把，以证明自我

当苹果起舞于小苹果，酒神
便撞开了不断后退的日神栅栏，狂欢于
大地的每一个汗毛孔，寻找着
跷跷板的支点；可是，折腾了几千年
却依然是一锅令人心寒的糊涂粥
有谁会知道，那漂浮其上的五十度灰
浓淡如何，若换成六十度会怎样呢

回望这一路留下的痕迹,就好像
一条隐形的光线放飞的风筝
而收放的线轮,却一直掌控在你的手里
当苹果烂熟于大地,你开始收线时
我便着手将淋湿的履历和旧梦,连同
鲜花与掌声,抛向地球之外
待苹果,或者作为词语的苹果,再次归来
我发现,一切都变了
比如,耳朵比眼睛看得更真切
寂静与喧嚣,就像无声的鸟叫,其实是一回事

对　冲

他说他很幸运，至少
想看的都看到了，比如
飞瀑跃出云端，穿过彩虹落入

郁金香杯；悬挂于飞檐的
一轮明月模仿玻璃心，痛苦地
碎满湖面，然后又魔术般

化作光之利刃，割断
时间的四肢，和诱惑的咽喉
在清理掉混乱的二手情绪之后

他开始平静地看着那只
从空中某处伸出的控盘手
不停地做空世界，做多世界

然后"啪"的一声,对冲掉

残缺,和无聊;窗外

一群淘气的小男孩将空易拉罐

当作足球,欢叫着踢来踢去

终于,借着最后一抹夕阳

他决定将死神从手机通讯录中删掉

天使与悲剧

这么说吧,自从天使降临被认为
是这个荒诞的世界系统中的一个缺陷
就好像横在路上的绊脚石,或者
白衬衫前襟不小心沾染的一块污渍

清理,就成了保持荒诞纯粹性的一件大事
换句话说,折断翅膀,穿上衣服
倘若能做到这一点,天使便可以得救
然而,真相是,天使死了

象牙塔里,悲剧作为最大的嫌疑犯
被推上了至高的形而上法庭
天使为什么必须死呢?风的见证
让悲剧的腰肌强壮到,比预期多做了

三个冬天的俯卧撑；逆风飞行的羽翅
仿佛一脚不合时宜的刹车，不只是
拖了世界的后腿，更加不可容忍的
是从后盖打开了荒诞运作的完美机芯

这擅长推极端的悲剧杀手，的确有点像
选择自定义配置的高段位玩家
瘫痪面部肌肉，将手里的刀藏于舌下
悄然打入美学圈子，站稳脚跟之后

利用羞愧赚取眼泪差价，在沉思残忍中
拉抬自身的不朽于时空之外
想想看，为了打好这套化境般的组合拳
除了让天使死去，难道还会有别的选择吗

咬钩的视频

一个猛子扎进海水里
我感觉自己变成了一条鱼
一条游得飞快的鱼
眨眼间,便"嗖"的一下超过了
百米开外的旗鱼和剑鱼

游兮醉兮,忘形于得意时
竟有种想教海豚蝶泳的冲动
海豚静静地看着我
深沉的眼神里安详着怜悯
忽然之间,一片红色的

巨浪海啸般劈头袭来,羞愧
击碎了我的愚妄,仿佛
触碰了鱼雷的舰艇,粉身

追着碎骨沉入海底；等待着
被打捞，网，抑或是，钩

对面的珊瑚礁上方，两只
装挂着诱惑，看上去很相像的
钓钩正缓缓垂落，借着
海豚那舌尖上的眼睛远眺
原来，靠左的钓钩垂悬于

山巅的塔顶，右边的，宛如
一条金线，从天边穿云而下
我拖着一身的破碎和懊悔
径直向右，一口咬住
那隐藏着尖锐倒刺的钩饵

起风了,想撒个谎

起风了,想撒个谎
可又怕吵醒住在隔壁的绝望
那从丹田里飞出的叹息
仿佛对面半山坡上的
木栾树,宿命地妥协于
跳蚤般寄居的鸟巢

雨,敲打着后窗,老练地
絮叨于套路。原本想
碰碰运气,试着给你
打个电话,可还是
遭遇死神的拦截,因为
抵押的储泪罐还未满

有时,转身就像转调

在原地打转的岁月之
百褶裙里,曾经痴迷于
跟淋漓沾边的一切
这癖好,模糊了
泪滴、汗滴和雨滴烧制的

晶莹捧着剔透。然而,直到
掰倒较着劲的重力手腕后
才真正站起身来,甩甩衣袖
缓缓地淡入比天涯还要
契阔的钟声背景里
静候那带着体温的纯粹

咳，又来了……

咳，又来了，虚无，乌云莫名空投的
虚无，震碎了星星最后的忽闪
一片羽毛，没着没落地随风飘起，又落下

阴沉的夏日傍晚，蒸笼一般闷热难耐
成群的蜻蜓，不知是从哪里突然冒了出来
那烦躁不安，窜来窜去的低飞动作

本想好心地提醒暴雨将至，可谁会在乎呢
悬挂于中天的明月，不再纠结，也不再
控告水中倒影对自己的高仿式侵权了，这

不只是不屑，可能还有
免于被拉下水的阴谋论之成本考量吧
唉，想要就拿去吧，有什么所谓呢

枯坐于窗前，呆呆地望着天边的云彩
看它缓缓地飘来，又缓缓地飘去
任凭慵懒的影子慵懒地滑过垂柳的发丝

那振翅于骷髅废墟的苍鹰，起飞，又降落
在这一遍遍的重复中，真能发现生命的意义吗
可是，当它重返晴空，变换着飞姿，探测

天地定位之图时，却突然祭出弧线优雅的滑翔
不动声色地掐住虚无的脖子，暗示它——
够了，别再矫情了，赶快走吧

不一样的(组诗)

一 不一样的年

病毒来了。陌生的,散发着
难闻的野味,密密麻麻,看上去
就好像一群群戴着棘突头冠的小混蛋

爬过山阴湿冷的斜坡,朝向
我们本该红火的年味,像狗一样乱嗅
寻找可以寄生的肺叶新宿主

一夜之间,大街小巷移动的
口罩发出了沉默的怒吼,一线
忙碌的防护服被汗水浸透

疫情中逆风而行的请战书,不只是

向凶猛的毒魔宣战,更多的
是站在敬畏自然,珍爱生命的一边

面对残杀,贩卖果子狸,土拨鼠
穿山甲,蛇,和蝙蝠的饕餮贪欲之徒
是时候补一补法律之网的疏漏了

是的,病毒在爬坡,人类文明在爬坡
愿我们的年味早日驱散野蛮之味

二　不一样的城

开始"封城"了。灰蒙蒙的苍穹下
消毒液的味道，驱散了
早餐铺飘出的豆浆，和油条的缠绵
也驱散了火锅招聚的畅饮

昔日拥挤的街道，清零般清洗掉
忙碌的脚印和车痕，孤寂地延伸着凄凉
路旁光秃秃的寒枝上，昨日还
叽叽喳喳的雀鸟怎么也不见了踪影呢

但是，那又怎样，至少我们还有但是对吧
你看，窗外停放的车辆，与门口
沾满尘土的鞋子，正在彼此心照不宣地

稀释着那浓得化不开的金色贪欲

出不了门其实也没什么,转过身来
也许,你会发现一种睁大眼睛,竖起
耳朵的惊讶也未可知呢。比如
开启一座不一样的城,一座脑洞之城

在这里,如果你愿意,你便会看到
当猛兽被你驱赶出身体,逃向
原始丛林之后,你是怎样寻回飞翔的记忆
像鹰一样遨游蓝天,俯瞰大地的欢畅模样

三 不一样的雪

下雪了。孤独的白
在疫情蔓延的寒夜里,安静地飘落
转眼之间,白茫茫的大地
就像戴上了超大号的防护口罩

这白色的隔离,会不会成为
那祈盼中的拐点、边界线,分水岭呢

你看,地上的泪花,凝视着空中的雪花
它们彼此确认眼神的样子
像不像是精心谋划过的反转暗示呢

要不然,打开了封印的病毒

怎么会发起最后的疯狂——
"如此雪夜,最适合杀人,没有一丝血腥气"

也许,这便是为什么,雪花在听到
毒魔残暴的声音时,会向上飘飞的原因吧

雪,依然下个不停,空旷的街道
在昏暗的路灯下,兀自延伸着寂静的白

当一只黑色的巨型蝙蝠划空飞过
路口的拐角处,一位老爷爷背上手风琴
拉起了那首悲歌——蝙蝠复仇的故事

终于,雪停了。雪化了。雪,消失于
暖阳下,那收藏悲剧故事的白云深处

四　不一样的口罩

自从失去了对空气的信任，口罩
便成了我呼吸系统的一个外挂器官
隐藏于这柔软的硬防护背后
我慌乱的喘息才得以稍稍平缓下来
抬头凝望，疼痛焦躁的空中

乘坐着气溶胶飞窜的毒魔
正押着核武器的韵脚，面无表情地
爆破那阴森恐怖的恶之美
如果说，这是一次未经演练的
现场直播，那么其传播的"时度效"

会不会让网络媒体惊出一身冷汗呢

如果说，这是大自然的一次惩戒
那我们的代价也太大了吧
谁能忍受眼睁睁地看着毒魔
踩着人的脆弱，如此凶残地撒野呢

隔离中，我曾困兽般在屋里走来走去
拿起手机，没刷几下，又放下
戴上口罩，摘下，又戴上
没着没落的我，不安地来回折腾
我不停地问自己，我该做点什么呢

说来奇怪，直到我把呼吸放心地
交给口罩之后，隔窗远眺
晨雾开始缓缓散去，地平线上
一行数字显现于超大码的N95口罩
没错，那便是新冠病毒的死亡日期了

五 不一样的勒痕

空寂昏暗的长廊尽头,那清澈的微光
除了安慰,还会是什么呢
当你摘下口罩和护目镜
从你那满是血印的勒痕,我一眼就认出了

你便是救我于死神之手的逆行天使
高低不平的勒痕,就像一张复杂的线路图
记录了我与病魔搏杀的全部细节
那道最深的,靠近鼻梁左侧的血痕

便是我落入鬼门关时的惨烈挣扎
当时,监护仪上的血压,呼吸,脉搏数值
迅速归零,我的嘴唇干裂,肺叶失守

我被撕裂于天使与病魔的争夺之间

恍惚中，伽玛刀的射线密集，且精准
死亡之幽谷，犹如遭遇光线突袭
混乱后的残垣断壁，布满了光的弹孔
终于，我被天使顺着斜坡把生命拖了回来

春日的午后，阳光透过窗户，打在
你那布满勒痕的照片上，仿佛
光碟循环播放的《命运》交响曲
然而，计步器总是会尽职尽责地提醒我

——不要停，继续走……
推门出来时，暖风卷着落叶盘旋飘过
我想我还是走这边吧，路上也许能碰见天使
到时候，我可以介绍给更多的人认识

六　不一样的春天

后来,只要一碰到跟蝙蝠沾边的事
便会不由自主地想起那个春天

一道长长的伤疤,就好像
拔河比赛的棕色绳索,在冬与春之间

暗暗地张力着勒痕的不可触碰
然而,就在那最吃劲儿的节骨眼上

窗外的迎春花开了
这应该也是一种赋能的加油方式吧

虽然,柔弱的花瓣上有泪珠划过

花香,与消毒液混合的怪味道,也会让

兴奋的蜜蜂迷失掉方向,但是
当看到,爬上迎春花顶端的新冠病毒

开始纷纷跌落的时候
眼眶,便会在突然之间潮湿起来

回头远眺,那个春天,那个
疼痛锥心的春天,仿佛一条界河

从此以后,倘若寒冬还想圈地扩张
便再也不敢,将边线画在春的脚面上了

七　不一样的重启

没想到，2020的地球刚一开机
从天而降的病毒便开始了全球巡演
就像给飞奔的世界套上了巨大的刹车装置
每到一处，时间线上的核爆
都会让颤抖的空气，灰头于土脸的恐慌

一阵猛咳过后，世界便在急促的
喘息中，摇摇晃晃地走向死机般的停摆
你看，AI拔下电源插头，转身寻找
它的灵魂；晕眩的红舞鞋，也开始怀疑
磨破的水泡是不是旋转错了方向

要不然，衣架上那件为贪婪定制的晚礼服

怎么会落下一身后悔的疲惫呢
斜对面，那爬上高塔顶端的傲慢
为何要挽起嫉恨的胳膊，一同跳下自杀呢
商场空了，公园空了，万人体育馆

空了之后，却又搬进一排排整齐的床位
昏暗的街道上，孤独的身影
穿过空寂的夜晚，默默地独自回家
俯瞰，夕阳扫过大地，惨遭病毒攻击的2020
在一片乱码闪过之后，屏幕渐渐暗了下来

2020啊，如果实在不行就试试重启吧
推开窗户，果园里的果核
开始腐烂，发出新芽，长成大树，大树
开满花，又结满果实，灰喜鹊笑着飞来筑巢
嗯，这才是2020该有的界面样子，对吧

辑二

二十四节气（组诗）

立 春

咬一口立春,枯柳便从前任的
绝望中醒了过来,新芽的绿
装饰着记忆的墓碑,坐在
回望中的老根,默默地看着

被贴上不同标签的爱
在自然的传送带上,经过
保鲜期内不可避免的用力过猛之后
便一头栽进长袖那捉弄与嘲讽的

风口,等待着死亡的分类回收
然而,没有回芽的新柳,却暴露了
立春将爱的坐标原点,偷运出
时间边界的秘密;地下

由根与根的互联所引发的
传播学大事件,让大地之上的
枯黄,眨眼之间,便返青于
远方那牛羊满坡的草场;俯瞰

在睡与醒之间,欲爱与真爱之间
其实,仅仅差一个待咬的立春
而有立春参与的三角之爱
就像被天使吻过,不再受伤,也不再老去

雨 水

水獭刚刚把新捕的鱼,整齐地
码放在岸边,雨水便来了
而被邀请的鸿雁,也正在赶来的路上

一抬头,天边的积雨云中,红鲤
摆着尾,早就看穿了,水獭
在向雨水献殷勤的时候,小机灵里

抖落的却是自己的影子
那隐藏于水獭硬须里的野心
动不动便撺掇水獭,朝着天上的红鲤

奋力跃起,然后又毫无悬念地
"扑通"一声摔下来,每每看到这一幕
开屏的孔雀,总是吓得赶紧收起一身的绮丽

直到那一年的雨水日,当水獭看见
闪亮的银色雨线,把红鲤从云端
一条一条地钓入湖水中时

它的眼睛一下子放出绿光
深深地吸了口气,便一个猛子扎进
冰凉的湖水里,去捕捉那落入凡间的天物

然而,再出水时,刚刚赶到的鸿雁却发现
岸边码放的鱼,岂止是鱼,更像是
胡须安静下来的水獭,向雨水献出的一份永恒

惊　蛰

弄丢了词语里的花香，窗台上的
茉莉花便不再开放了；这也是
当我发现，桂冠，比不上诗歌里
桂花糕的味道香甜，便摘下了

矫情的面具，在垂柳快发芽的时候
给黄鹂的耳朵塞上棉花；预感到
孤寂的悲凉即将来袭，便跳进轮回的
漩涡里，在擦黑前，向多巴胺发出邀请

去跟星空谈一场恋爱；路上若遇到
梁祝化蝶，或者，特里斯坦与伊索尔德
但却没有被爱与死凌迟，怎么有资格
妄议爱情的滋味呢；岁月的枯指

依然把玩着,鹰化为鸠,鸠再化为鹰
唯美到,比晕眩还要球体之旋转
至今依然记得那个漆黑的夜晚,就在
猫头鹰闯进我的词语库的慌乱之中

角落里,一个声音提醒我
不碰春雷这个词,已经很久了吧
是啊,上一次,大约还是在生涩的叛逆期
眼下,适逢惊蛰日,当一声巨响

惊醒了沉睡,山坡上的茶树,听力
灵敏到,万木还没有缓过神来
便已在古老的喊茶声中,萌发新绿
清香,自带着气场,悄无声息地驱除掉

虚空里那过了气的矫情所散发的霉味
山茶,水仙,白玉兰,和紫荆
也都纷纷钻出死亡的指缝,开始言说
那不可言说的关于新生降临的叙事

春 分

春分的燕子归来时,黄昏和黎明
终于在,一道闪电的仲裁下,签署了
夜与昼,生与死的和解协议书

庭院里,半开的桃花,每每摇晃一下
对称之美,便骄傲地尊严一次
青鸾叼起的均衡,怎么看,都像是

从维纳斯安静,且凄迷的眼神里
缓缓流出的诗行;这春半里的诗歌
想必是,为避免世界滑向粗俗

而量身定制的不止于止损的保险吧
早已记不太清是从什么时候开始
即使负荷于,侮辱和伤害那雪崩般的

打压之中,宁可亏欠仇恨,和野蛮
一张投名状,也不愿意接受
情绪的赞助,让高分贝的排比句

和反问句,不怎么体面地混入诗篇
想来想去,这至少跟关节部位,安装了
春光做的弹力平衡垫是有关系的

这,或许也是,为什么能在
积攒够了失望,做足了前戏的铺陈之后
便会从绝望里弹出希望的原因吧

清　明

堕落，其实是一件累人的事情
空中，残存的傲慢，就好像
从优雅的数学方程式里，抛掷的
函数边角料，疲惫地拖曳着

不计后果的自负和优越，落入
悬案般的悬棺之中。醒来时
清明净朗的光线，已将舒伯特的
鳟鱼，钓上云端；然而

夜幕降临时，飞鸟天真的垂涎
却随风滴落于，荒原狼
那干渴的喉舌，哀号，划破虚空
引爆了潜意识里的深水炸弹，然而

这意外的巨响,并没有给想象力
留面子,依然无法震惊到
秉烛夜行的聋哑盲人,带领着
勤奋的蝼蚁,很有仪式感地

在炫目的省略号里,翻腾着
舌尖上的明天;到了罂粟花开放时节
那隐藏于蜂王浆里的大词
便开始着手谋划,怎样才能

借助于借口,让假面舞会搅动起
晕眩的多巴胺,以便稀释掉
意义缺席所带来的空虚,也让死亡
死于那永恒轮回的漩涡当中

可是，当堕落成为被抛掷命运的
必然环节时，及早触底，才有机会
在反弹的瞬间，与从前清仓般做个了断
领悟心虚和虚心之间，那V型生命线的真意

谷 雨

谷雨举起酒杯时,所有嫁接在
母语砧木上的外语接穗
便从愈合的伤口里和解出新的叙事
那从不反对阐释的香橙,看懂了
飞鸣于枝叶间的杜鹃,为何总是

夸张地抓取不规则的裂痕记忆
杏树下,来自异乡的果核
一旦裂开了真相,那些诳语的
生产商们,便会在信天翁
飞越出假装理解的翱翔时
宣告破产。记忆里,就在

暴风雨偷袭好奇心的那个夜晚
恐惧劫持了探险,慌乱中

一不留神,自以为勇敢的心
便又掉进了,类似于捕鼠夹的
尖锐,且生僻的字缝里
被牢牢地夹住;回头看时

那曾经向云天,虔诚地撒娇的
想象力,的确死得有点难看
相比之下,雄蜂,落入龙头兰
精心布局的拟态陷阱,使得
损失厌恶的浓度,攀升至
不可描述,便极易让人联想起

温室里的素心,被瞒和骗
带进狂欢夜的漩涡中的尴尬
而侮辱,就好像体面的绅士

戴着白手套,将手臂,从容地
伸进他者灵魂的最深处
面瘫般不动声色,一直玩弄到

白眼狼的白眼,在捆绑着
诱惑的嘲讽里,翻卷起悲剧的褶皱
谷雨日的天空,镜像着
"之子于归",那五彩缤纷的
词语之粟,穿过啼鸣的喧嚣后
终于在砧木的合一里,安静了下来

立 夏

立夏的正确打开方式是什么
当蝼蝈开始在田间鸣叫
雨燕,穿过整个春天的飞行

对于即将扬花,和灌浆的
麦穗来说,也只不过是
麦浪翻滚带出的经典节奏的

前戏而已;那压枝的樱桃
把自己的鲜嫩,抵押给
苦海浪尖上的泪滴,借着风的

权力,为成熟的果核,预定了
原初的樱花盛开;对岸
葱郁的梧桐树左侧,就在

楼台的倒影坠入池塘的时候
水面上飘落的梨花花瓣
便载着春末那最后的诗句

循着花香,推开了天际线上
翠鸟装饰的轩窗,而窗外的
槐花,便是这立夏的第一句诗行

小　满

你送给我的沙漏，每翻转一次
我便出死入生一回，我总是
一再地死去，一再地活来

在你签过名的第一粒沙，和
最后一粒沙之间，等待
是生命阶梯的底色，就好像

小满节气里待熟的麦穗
少一滴落雨的轻抚，烤箱中的
羊角面包，便会减少一个

一粒沙落下，那被撞翻的
死亡犄角上的恐惧，供出了
伪善外套下，正是那只老练的剪刀手

给麦浪剃了个羞辱式阴阳头
有时,我会从沙的等待里缓缓走出
用云朵蘸一下绝望,给唇角上的

贪嗔痴消一消毒,再抖落掉
几年前,因对远方的远失去信任
而招惹来的,针尖与麦芒的徒劳对峙

当我重新戴上那哑光质感的戒指时
小满里飞出的麦粒,便穿过云端
融入到沙漏永恒的翻转之中

芒 种

天气热了,拔掉一根烦躁的
发丝,伯劳和燕子,便从
芒种的脊背上,各自飞出了
属于自己的命运;原始丛林的

边界处,那冲出风口的
反舌鸟,把最后一声啼鸣
回响在,叼着鸟笼飞赴金字塔的
伯劳的喘息声里。俯瞰

路边的狗尾草,不知为什么
总是有办法将伯劳那疲惫的身影
轻松地摇晃进晨雾的弥漫,眨眼之间
便化作虚空里那一声缥缈的叹息

芒种,是收割,也是播种
在这一割一种的接缝处,夜与昼
绝望与希望,彼此的眼神只需轻轻一碰
便完成了审美意义上的相爱相杀

夕阳下,当一只螳螂宛如少女祈祷般
举起前臂时,那转过身的燕子,已重新
振翅起飞;可是不曾想,燕子投下的长影
却没收了,伯劳一生辛苦的徒劳

夏 至

夏至,是离你最远的一道门
门的背后,往往隐藏着
人性的至暗时刻所散发出的
即使是最精致的香囊
也掩饰不住的刺鼻的怪味

门柱上镂金的对联,就像是
传说中的藏宝密码,先验地
捏住了人的七寸,自信到
无须做过敏性皮试,便直接
静脉注射进残杀催化剂,把命运

抵押给了虚妄之后,便去破解
梦中第九层七彩水晶的倒影上
那像雾像雨又像风的

海星状神秘物的原子核内
冥王星每天眨眼的次数,以便推测

无价珍宝的藏身之密室
夏至的夜晚,当失眠的车灯
鬼魅一般,扫过枯坐在
黑暗房间里的一个闷热,就在
雪浪翻滚着冲向堤岸的当口

忽然起身,凌空一跃,一头撞进
苍穹无尽的凄凉里,随即
便哧溜一声,化作一缕袅袅青烟
自毁于虚无定制的天衣,徒然地
寻找接缝的可能性线索

抬头远望,当蝉鸣开始呼应
巴别塔尖顶斜出的鹿角上
那悬挂的偶像时,懊悔
便已在知了的无知里,等待着
你手中,那蝉蜕重生的到来

小 暑

节气,刚一踏进年岁轮盘的
第十一个格子,微微发烫的暖风
便一脸纯真地问小暑,热恋

究竟是怎样的一种感觉,但却
没有追问,那最后的一丝丝清爽
到底去哪儿了;夏日里的野炊

就在鼎卦时空降下的风与火
合谋助势的瞬间,狂喜,"嗞啦"一声
便从焦糖色的翻卷里腾起一股

烧烤的味道,不带半点夸张地
形成了核爆般的蘑菇云,而云之上
凉拌苦瓜却成了苦夏的一道热菜

高空里,比盘旋还会盘算的鹰鸳
盘不出的,依然是印刻于翅膀上
那三伏天之伏笔的引言身份

好吧,听你的,还是回到桥上去吧
风口处的廊桥,照旧挂满常春藤
在这里,即便是从烦躁闷热中

快速滑向平淡的爱,只要有了
那一丝丝的凉爽穿过,便不至于
还没过期便已过火于难看的焦煳里

大　暑

蟋蟀死了。因中暑猝死于角斗赛场
大暑的红色预警，冷静地合上了
它那双不甘心的怒目；在这突降的
白色幕布下，热浪，席卷着恐惧

默不作声地崩溃于海平线的
锋刃上；可是，这苍穹下沸腾的
命运把戏，却早已被开过光的
萤火虫，隐喻在自己的灯语之谜底

你看，那塔尖上冲天的权力意志
其实只想得到更多的膝盖，并不在乎
身心的全部；那坐在咖啡馆窗前
细品老婆饼的舌尖，又怎么会

跟里面究竟有没有老婆去较真呢
反倒是,女权主义者的食指
还不能确定是否引向刊物的
编年合订本里,各期之间的混乱撕咬

假寐的斯德哥尔摩综合症患者
依旧在贝壳里,白费劲地白漂着
衬衫的里子和面子上那亮黑色的污渍
暑热的林间,总是会有小概率的

意外发生:自从遇见了萤火虫
鹰便决定,把所有的运气都花费在
学习它的灯语上,甚至于
愿意用自己的千里眼,去换取

那微弱的萤光,以便遁逃出
徒然草所辖制的重复,在蟋蟀
中暑的意义之上重新起飞,把死亡
飞越成生命地图上不可免签的中转站

立 秋

不知从何时起,每到立秋日
便会收获一份寄自远方的
凉爽;窗外,抖动的竹叶沙沙作响
那美到犯规的低语,就好像

不断更新的谜面,对永恒谜底的
主题变奏;可是,当一滴露珠
从荷叶上滑落,有谁会听懂它一路
哀歌式的呼召:太闷了,出来透透气吧

对面山坡下,一群被玄虚遥控
而且喝了太多鸡汤的蝼蚁
为何要相互追杀?为何又要
拖着满是瘀青的膝盖,宿命般

冲向秋日黄昏那渐暗的结算处呢
也许,在它们看来,能够赶上
最后一班车,相较于
对付生命之意义的叮咬,划算多了

据说,这看上去自信,且幸福的蝼蚁
最瞧不上眼的,就是喵星人
竟然可以在立秋的凉爽里
打起安逸的呼噜,这,太没出息了

处 暑

处暑日的正午,趁秋老虎打盹之际
苍鹰,犹如离弦之箭,飞出
那片古老的湖畔丛林,直冲云霄
一声鹰唳,仿佛一道闪电
眨眼间,一座由中空的大词筑就的

隔热穹顶便高高隆起;当热浪
翻滚着天火,自由落体般
俯冲而下,就在触碰穹顶的瞬间
又反弹回高空;然而,身处于
舒爽的穹庐下,谁还会追问记忆中的

天火究竟去哪儿了;即便想起
那比阐释还要掩饰的有意,或者无意
也会把天火虚构进风中的传说

如簧的巧舌,让睡莲绕开了
枯死的恐吓与勒索,得以在

安静的轮回焦圈中,永恒地妙化着
可是,自从启蒙的大脑原浆
开始走俏,躲在荫凉里的大猫
睡醒后,总是要喝一杯加糖的星空
眯起眼,回味一下呼噜里的芳华

当它站起身,伸了伸懒腰,费劲地
踮起有点发僵的脚后跟时
却发现自己,竟也能踩着越来越长的
圆周率,将没着没落的无聊
猫步成鲜美的小鱼干;不过

也别忘了,即便是小概率事件
也总会有试图逃出舒适区的怪喵
一旦穿过穹顶,遭遇火洗,以至于
重生后,陷入受虐狂般享受
火的炙烤时,变态,也便成为常态了

白 露

后来,雁塔顶端的承盘高足杯
便总是银链挂空一般,泉涌着白露
宛如一串串清澈的诗句,轻缓地
流过干渴的喉咙融入血脉,所到之处

仿佛涂抹了显影剂,一幅高清全息的
灵魂地形图,便跃然于浑茫之缥缈
俯瞰,公义秤上的海岸线,裁决了
被狂风捉弄之后又撕成碎片的

浪花诉讼案;钟楼上,归零后的
时钟换上了原装的发条,在新涌现的
光年刻度盘上,嘀嗒着灵魂的
时间简史;太平洋上空,一片飞羽

厌倦了风节奏出的谎言,删掉了
美颜下,森林晚娘那皲裂的抬头纹里
针脚细密的鬼把戏。夕阳西下
走进路边的果品小店,靠窗的木桌上

白露腌制过的沙棘果,果肉的倒牙酸
摇晃着倒在了苜蓿蜂蜜里;咬一口
美味,便会托起那片飞羽,在词语忽闪的
苍穹下,飞出羽翅原初该有的模样

秋　分

你不在的时候，荒原狼果然偷食了
世界的野心，白眼里燃起的血丝
在旷野的冷风里噼啪作响
每到深夜，一声凄厉的长嚎便会穿过积雨云
有如飞镖一般，头也不回地径直冲向

维特根斯坦那不可言说的边界栅栏
对面，被卡住的脑洞，却天才地复制粘贴了
你的世界，和你的设计；谎言高仿的
印章，蘸了蘸朱砂泥，晃着膀子走进灯下黑
此时，倘若听见"啪啪"两响，则意味着

跟黑色丛林签订的阴阳合同即刻起开始生效
可是，刚一转身，却又将你拉黑，因为
你知道的太多了，比如，弑父案的真相，比如

虚空命门的钥匙。黑白光圈里的大地
超负荷的理性磨盘终于在最后一抹残阳下

把玫瑰碾磨成苍凉,罩住了
枯木上缩着脖子竖起衣领的萧瑟旷野
抬眼于山顶,那一口咬掉轮回蛇头的超人
提前网约了重力顺风车,至秋分时节
便开始进入与虚空的拔河决赛

角落里,"都灵之马"依然孤寂地咀嚼着
那早已脱了水的存在从沙哑里挤出的末日诅咒
忍受着平庸之恶发出的阵阵尖叫
而看似转运的加时赛,却变相地延长了
罂粟花影下,心机出演的至尊版的折磨赋格曲

冷月忙着磨牙时,凌乱的马鬃祈祷着这一切
能够快一点结束,期盼着你能早一点归来
抬头远眺,那盘旋于苍穹的苍鹰
正俯瞰着赛场上的狂欢,突然之间的一个加速
便将叼在嘴里的一根白骨顺势抛了下去

慢镜头里,审美的骨头审视着骨气,缓缓下落
可是,就在触地的一刹那之间
只听"嘭"的一声,拔河赛的马尼拉麻绳断开了
平局,这秋分日的平局
还是在意料的意外中击碎了

超人那超人的光环,颅底骨折的自尊
摇摇晃晃地趔趄在虚空硬壳幽深处的软床上
超人病了。计划中,当他开始

把一枚枚精选的果核,隔空播种于墓园时
隔着栅栏,我看见你笑了,像个孩子

寒　露

九九与一之间，隔着寒露的夜空，彼此凝望
而实际上，从九九回归于一
也只差一个邀请函的距离，一个
黎明向黄昏发出的高配版本的呼召

独自走在秋日黄昏的冷风里
不知道为什么，自从有了伤口以来
总是会无来由地想起谐谑曲中
那穿着传统服饰，跳着现代舞的

一团团正冒着热气的荷尔蒙
仿佛做过修图处理，在
细腻的灰色调的模糊背后，有谁会知道
隐藏的，究竟是笑还是泪呢

门厅玄关处,那随时准备出发
而实际上却从未出过门的拉杆箱
看上去,就像是没写地址的特大码的邮封
可是,这么多的地址,该写哪一个呢

推窗远眺,寒露日的夕阳下
雀鸟已纷纷跳入大海,化作蚌蛤
从孕育珍珠的痛苦里长出的诗之触角
则伸向虚空,去探测鸿雁捎来的

加过密的信息;当你看到
病蚌开始吐露珍珠,维纳斯也缓缓地
从贝壳里升起时,九九
便从虚空中,收网般被打捞出来,回归于一

霜　降

霜降涂抹着晚秋，萧瑟于
夜风中的残荷，一滴
分不清是凝露还是泪珠的

晶莹，截屏了流星划过时
霜荷绝天的瞬间于迷蒙
倒映于倒影，苍穹的幽深处

那直视的双眸，一只嘲笑
一只悲悯，仿佛两枚镶嵌于
无限的表情包，反差于

银河烁闪的通天鼻之左右
秋风弹拉着作别的霜叶，仿佛
画外音："非如此不可？是的

非如此不可";远处,时空的
喉管回荡着湖畔寒枝上
画眉那长间奏的低嘤和鸣啭

当几个连续的升调与晨曦
相撞于树梢,荷之露
便析出白,且不止于白,像盐

立 冬

立冬了,看到最后一片叶子
从银杏树上摇晃着孤单缓缓飘落
我知道,我得抓紧时间了
以便能够赶在第一场雪来临之前
找到那个词语,那个
能肩起苦寒,领我走出风雪呼号的词语

老实说,这有点像掷骰子
多多少少还是需要些运气的赞助的
整个下午,枯坐于电脑桌前
就在不经意间按下回车键的刹那
一声长唳遏云惊空而过,一只苍鹰
便滑入那令人绝望的深空灰的尽头,随后

一个陌生的词语新星般忽闪着眼睫

由远及近,悄悄地璀璨,悄悄地弧线出
一道伸向云端的彩虹
可就在这愣神之际,手一滑
却一个不小心,触碰到,从对面高窗
飘出的旋律的最后一个音符

电脑死机了,彩虹,却定格于天地之间
这会不会预示着,立冬之后,之后的
之后,将再也无冬可立了,即使
偶然飘起大雪,也不必当真
那只不过是一出友善的芭蕾舞剧
一个送给寒冬的体面的谢幕台阶而已

小 雪

彩虹走了,吸食进最后一抹残阳的碎屑
头也不回地走了;那悬挂于天地之间的签名
仿佛断了线的风筝,孤独地隐入云端

小雪日预约的雪不知为何始终没来
这反倒让西湖断桥上的种种光圈
圈住了足以卸载美图秀秀的完美绝望

路边,以脱水自残的狼尾草
在借力于冷风,抽了寒夜一鞭子之后
却向墓碑缝隙开出的秋菊弯下了腰

自从目睹了病床上,浑身长满伪善的金句
冬储的卷心菜便再也不想为了那张
等待批改的试卷般的颜面,而跟风点赞了

那躲在树叶背后,偷偷地收藏起

彩虹记忆的核桃,在打碎自己的一刹那

眼睛一亮,原来,逃离虚无的密钥在这里呢

大 雪

这么说吧,大雪,应该是冬日最好的推荐信
你看,好友点赞的地方,马兰花便开了
为了能被春录取,冬,拧干了整个酷夏的汗水
把秋洒落于香山的红叶上晾晒

快到截稿日期时,住在叶脉上的诗人
便将一首首哀歌投进最后一场秋雨寄给大雪
冷风里,一片残叶飘落于黄昏的湖面
叶片的破损处,有水渗了进来

这漏洞,不知从何时起
便成了悲剧悬挂于月光的永恒主题
影子里,就在黑蜘蛛拧断爱情脖颈的一瞬间
一枝荷便借着雷电之刀剖腹自尽

到了秋后,总是会看到
残荷边清点着残痕,边给安魂曲添加新的声部
大雪日,鹅毛般的大雪雪藏了一切
正午,怀揣诗句的雪花,每片都朝向春的方向

至今记得,在接到录取通知书的时候
向来比忍冬花还要隐忍的冬,拼命摁住泪目
但是,终于没能忍住,还是抬起了右手
向天空"啪"的一声,打了个清脆利落的响指

冬 至

冬至,是离你最近的一扇窗
古朴的镂空雕花设计,看上去
仿佛垂悬于天际线上的挂屏
当最后一场秋雨打着冷颤

呼出霜露,落叶别树便终曲于
光秃秃的枝条,赤裸着真相
探出窗外,朝向湛蓝的天空伸展
驻足凝望,仿佛一幅简约风格的

绘画;这去蔽之素枝,无序于
最原初的秩序,也暴露了神性的
完美无羞愧;而那萧寂的落叶
锯齿形的轮廓,却散发着人的

独特气味,带着倔强于风霜的
刺痛和隐忍,向虚空中
那毁灭性的空难,渐渐地枯萎
澄明于无垠之寂美,如果说

归简的枝条,是蓝天对咀嚼着
苦寒的长夜所施与的惩罚
那么此刻,你便是以签名的
爱与怜悯,报复我的残缺和虚妄

小 寒

走在小寒时节的冰雪里
一串渐渐消失于地平线的脚印,就好像
生命的几何图形中,那条虚构的

命运辅助线;无法安定的坐标原点
牵扯着虚线,疲惫地摇晃于缺氧的大脑沟回之中
模糊的,不止于渐暗的黄昏

迷雾中,那旷野里的呼喊,和寒枝上的啼鸣
谁能说清楚,这究竟是惩罚还是恩赐
不知为什么,对付复调音乐的两个声部时

总是拿不准应该在哪里让它们会合
可就在确诊灵魂的癌变到了晚期的那个夜晚
衣橱里的白衬衫和白袜子却不见了

然而，又有谁会想到，灵魂化疗所使用的光
竟然是，逃过死亡般恐怖的冬之关卡
从春天偷运过来的走私品呢

大 寒

是谁把痛苦投掷到黎明的脚下,染黑了一潭深渊
倘若没有探究过渊底,又怎么能知道
夜空的某个地方,明明摆放着

永远也下不完,永远也赢不了的残局
却又不得不,比陪弈还要奴役,以便取悦于
那张嘲讽的脸呢。也许,在破局之前

能像大海一样打开门照单全收,相比于
暴风雨般掀翻棋盘,至少,也要高级三个泰山吧
大寒冰封了湖水,那片贴着冰面滑行的羽毛

是不是想起了从前飞翔的日子呢
要不然,怎么总是梦见自己再次起飞的样子呢
自从玫瑰凋零以后,窗前的青瓷瓶

便一直空着,仿佛在耐心地等待着什么
可疑的是,它与天宫的水瓶座怎么长得这么像呢
记得大寒日的傍晚,在使用白光粉刷墙壁时

它们相互凝视着,直到两滴泪在空中相遇
忽然之间,一声迅雷划空而过,黎明站起身来
看了看时钟说:天该亮了。于是,天便亮了

辑三

打结的雨线

后　来

后来，一听到老虎引用佛经，或者是
类似的什么经，羚羊，松鼠，犀牛，梅花鹿
便警觉地竖起耳朵，屏住呼吸
眨眼之间，便已不声不响地消失于丛林深处

据说，这是曾经被老虎亲吻过之后
遗留下的一种保护性应激反应
可是，在老虎的辖制区内，这种逃遁的动作
总是有点可疑，不然，时间为何偷笑呢

藏身于树后的羚羊，从生活的表皮撕下一角
剪贴进样子像诗的诗集，以为凑足了字数
便可找到出逃的路口，可是没想到
相互误解的词语却在混乱的排列组合中

对准羚羊精心呵护的希望
狠狠地砸了一锤子，裂开的脑壳里
彼此勾结的死胡同，在黑暗中交易着黑暗
而萎缩的脑洞，却把羚羊骗进幻觉，让它假装坚强

是啊，如果上次跌倒爬起来时，选择了另一条路
没准儿也会领悟到，秋天吃掉树叶
是为了让迷路者看见，风中的枝条正指向某处的绿色
看见紧挨着墓园后墙，长满杂草的小窄门

推门而入时，那豁然于眼前的梅花鹿
从时空的束缚里挣脱而出，时隐时现于无言之大美
而不再倾斜的天平也就坐实了传闻——
那道不起眼的小门，是老虎亲吻权的结账单

你把名字写在风里

你把名字写在风里这件事传开之后
从边界栅栏上剥落的碎屑
便有了勾结去年的雪一同私奔的借口
对面的菩提树下
刚刚吞掉一只鸽子的僧侣

在合十的双手垂下来时,念珠断开了
漫步于废墟之上,那看上去像诗人的黑色斗篷
不小心的一脚踩空
竟然从摇摇晃晃的石板上摔了下来
诗集里掉出的一百多首诗,噼里啪啦撒落一地

可奇怪的是,那首原本歌颂神峰的诗
怎么摔落到阴影里就变成了
仰面向虚空呼喊的石头,抱住补天之梦

断崖般碎裂于忍气吞声的地平线了呢
发生过什么可怕的事情吗

半空中,一阵风越过翻滚的海浪
在吞噬掉可疑的感叹号之后,撞开了丛林之门
孟加拉虎,灰狼,猫头鹰,负责地供出了
秩序背后所隐藏的作弊细节,比如
曾经给被强奸的中性词洗澡,打蜡,抛光

再粘贴上褒贬之标签后,分类上架;比如
淑女一词是怎么染上狐狸的气味的
鹰隼的千里眼,怎么可能不留存现场视频呢
在学习消失自己的日子里
不知为什么,醒来之后,总有一种

想跟黑夜道个歉,说一声对不起的冲动
直到风再一次袭来,当你的签名
把死灰和复燃拉进同一个画框之时
我看见你伸出手来,轻轻地
摸了摸世界那总是不知疲倦地转来转去的脑袋

一横，一竖，或者生命的坐标

一影孤舟苍茫于海天之间
当破碎的帆垂下头，沮丧地承认
那是一次绝望的航行时，他看见自己
面对被将死的棋局，双手一摊

将愿赌的最后一口气喷吐于服输后的认命
一横，一竖，在交汇的刹那化作永恒
这也意味着，在生命的坐标上
如果原点停止了飘移，足迹也便不再隐秘

你看，那曾经摇摆不定的脚步
就好像一堆慌里慌张的注脚，暴露了
他那颗无处安放的心
在失真的岁月里，失控地上蹿下跳

可是，当他跌跌撞撞于危墙之下
即使膝盖沾满泥土，却依然不愿掉头离开
终于，他累了，想停下来喝一杯
昏暗的角落里，他看着手中剩下的几张牌

却不知道该打出哪一张
选择太难了，真想把牌往桌上一甩，然后走人
当他立于镜前，看着镜中的自己，对视中
他想他虽然阅世不算肤浅，此刻

却不知道怎样准确地阅读自己
抬头纹里的黑痣，就像找不到调的音符
摇晃着把精心布好的人设给崩塌了
然而，就在自己跟自己相互审视的时候

那顿悟般的会心一笑,却在瞬间红了眼眶

一横,一竖,在生命的十字路口相遇

他平静地告诉自己

睡吧,一切将会过去,一切,将会重新开始

他想知道光和影是怎么打招呼的

走在深秋的林间小径，冷风中
翻卷的枯叶皴染着孤寂，把衣袋里滑落的
记忆，和残梦归还给虚空时
子规的啼鸣，便轻轻地牵起他的手，带他回家

可是，当初是谁把他带到异乡
又让他在磕磕绊绊的方言里独自慌张呢
他撕毁了不喜欢的合影，不想看到
酒杯相碰时，眼底悄悄闪过的一抹悲凉

他想知道光和影是怎么打招呼的
夕阳透过窗户，触摸墙壁留下的痕迹中
光影交汇的刹那，是不是发生了什么
不然怎么会有那么多慧眼死盯着不放呢

他写诗,然后锁进抽屉里
因为他相信,能打开锁的知音终究会看到
这不是高冷,只是有些误解式理解吧,不如不解
就像《论语》被做成了鸡汤,珠宝掉进了泥塘

然而,一直幽灵般纠缠他的,还是时光
为何即使被拉成线性的长河,弯曲成轮回的漩涡
或者,在被推向激战的潮头时粉身碎骨
也要赶在月圆之夜倔强入海,回归永恒的当下呢

停一停吧,你真美

推门入室,多亏了黑暗提醒开灯
否则,一通瞎摸,一通乱撞,手忙脚乱中

额头没准儿又会撞上桌角,那渗出的血
还会渗入起了毛边的故事集,在修辞术里

琢磨光的种种写法和估值,而那孤独的
门灯开关,反倒像是黑板上一个待擦的错别字

海滩上,当病蚌捧出珍珠,和解了
对沙粒的敌意时,也许该重新聆听,黑夜

是怎样提问的,星空,又做出了怎样的回答
重新聆听,风与浪,天与地的激辩与低语

这就像,如果没有梅非斯特的刺激折磨
倒地前的浮士德,怎么能在那一瞬间

脱口而出——停一停吧,你真美!
这也是为什么,每每看到满树的杏花盛开

总是会想起冬日的那个寒冷的午夜
你把爱撒入干裂的灵魂废墟时的温暖感觉

谢谢你,绊脚石

其实,直到很晚,他才回过味儿来
还记得吧,那时,他近乎绝望地
半卧于病床的惨白里
两眼发愣,呆呆地望着窗外
冷风中的银杏叶已经开始瑟瑟飘落

他的双腿打着石膏,骨折在夹板里呻吟
一阵锥心的剧痛袭来,晕眩中,他恍然领悟到
你把石头置于路前绊倒他的真实用意
要不然,他怎么肯停下脚步
捂着不甘心的颓丧,掉头转身,中断了

那次曾经用生命抵押的朝圣之旅呢
熬过百日之后,他终于出院了
走出病房,仰面,报复性地吸了口空气的清甜

然而,借着你的眼睛,他却意外地看见
在那条朝圣之路的尽头

一座闪光的金像立于天地之间
而背后无边的深渊里,被愚痴喂养的尸骸
正一脸安详地帮着数钱,他愣住了
回神之际,双手缓缓地合十,那一声平静的低语
"谢谢你,绊脚石",却潮湿了眼眶

在冰裂之前迈出下一步

一个人,一杯酒,枕着秋夜,沉醉于
烟嗓音的苍茫,克制的低吟从喧嚣里雕刻出孤独
又把它安放回那天鹅绒般的静谧之中

伸手擦拭掉玻璃窗上的薄雾时
他看见自己走在薄冰上,脚步开始变得越来越快
因为时间有点来不及了,他必须赶在

记忆之冰开裂之前,迈出下一步,迈出悲凉中
后悔析出的嫉妒,傲慢,和贪婪
他累了。不想再假装不在乎地纠结于

那一次次心碎的出行,不想再
违心地为衬衫上的污渍辩白,他想摘下滤镜
还原婚约上,泪痕不规则的轮廓和颜色

当一阵风,沿着这分水岭般的裂痕呼啸而过
一切,也便失忆般悄无声息地消失了
地平线上,一块巨大的白色幕布缓缓落下

跨过冰裂,他开始朝着那若隐若现的微光前行
崭新的脚印,不再复述往事,他只专注于
自己的呼吸,以便平静,且愉悦地呼应远方的忽闪

直到下雨,他才发现老宅是漏的

直到下雨,他才发现老宅是漏的
就像遭遇过飓风的突袭,屋顶早已四处开裂
可是,他怎么也没有想到
这么快就出事了——

飞舞的谎言碎片,连夜雨般持续袭来
一片尖锐的黑色,带着倒钩,击中了他的太阳穴
顿时,他感到眼前一黑,趔趄着瘫倒下去
恍惚中,他仿佛看到,那悬挂于云端的

灰色素描里,生命的朦胧线条
渐行渐远,缓缓地消失,又缓缓地重现
从昏迷中醒来以后,他终于寻回了
记忆深处那曾经被变形,被偷换,甚至

被秘密消失的原初的起跑点,和助跑的姿势
当一阵破碎的风,再次携雨喧嚣而过时
他才真正看清楚,那左摇右晃的蔷薇,是怎样
划伤了折枝人的手,花枝上的尖刺

又是怎样划破了自己那娇嫩的花瓣
垂钓于命运之河,他专注地盯着纺锤形的浮漂
期待能在扭曲的水中残月咬钩的时候
把云影垄断的解释权,归还给天光

然而,人是什么呢

天使拨开云雾,像俯冲的鹰一样
平稳落地,对一个低着头的人小声说
振作点,不要因为你是人而感到羞愧嘛

热闹的休闲广场,一只突然伸出的
大脚,将滑板车上的孩童绊倒
众目下,这高傲的巨婴,收脚,转身而去

坐在剧院后排的超人,一边冷眼着
台上首演的歌剧,一边摇头叹气
嘴里还不停地嘟囔着:人性的,太人性的

象牙塔里的教授,捋了捋花白的头发
站到讲台上,一只手伸进裤兜,捏着"存在"
若有所思地来回踱了几步,然后

突然站住,望着下面一脸期待的学生
狡黠地抛出那个没人敢接的问题
——然而,然而人是什么呢

阴冷潮湿的地下室,鬼,做了个鬼脸
扯着沙哑的嗓音,模仿人的语气——
这个嘛,是个好问题,然而,也只有鬼知道

蝙　蝠

差不多该回来了吧
记得是在弄丢了戒指的那个雨夜
蝙蝠,被罚出了家门

过了这么久,不知漂泊于异乡的
日子可还好过;在皮质的蝙蝠衫里
没有羽毛的飞翔,是不是很辛苦呢

本来,赐给你一双带有磁性指南针
和活雷达般的灵耳,是想让你
使用超能力的回声定位方法

去探测,接收,来自家乡的讯息的
可为何一点音讯都没有呢
风说,因为你爱上了埃及,不想离开

希望这只是不怀好意的风传而已
可是，难不成，你真的嗅不到
从忍冬，芙蓉，茉莉，以及

桂花的蜜香里飘出来的导航暗语吗
你最爱吃的草莓，芒果，和
水煮田鸡的味道，是不是

也被味蕾一并给永久删除掉了呢
当你看到，夜空，被一道闪电
划开又合上，森林，被穿过树梢的

晨光刺破又愈合成一道道疤痕时
会不会踩着树影那摇晃着伸向
远方的哀歌，去寻找曾经丢失的戒指呢

天快亮了,你若再不回来,积雨云说
它就要开始清洗大地,必要时
不惜株连整个宇宙;看样子,它是认真的

标 尺

作为一种注释,世界
栖居于你的括号内,至少
标示出了温度和颜色

站在城市边缘,三维的我
被渐渐向后挪移,挤压进
天际线,远眺,犹如

一张模糊的二维黑白照片
我感到心慌,喘不过气来
一阵晕眩过后,眼前

漆黑一片,仿佛坠入
无底深渊,当我挣扎着
从死亡般的窒息里爬出来

感觉自己,就像岸上那濒死的
鱼儿重回大海,遭此一劫
我已非我,你却依然是你

从此以后,正如你所见
河对岸,我戴上了你那特制的
风之项环,用你的标尺脚注于大地

草 莓

盛夏,暴风雨说来就来
我躲进屋里,看着餐桌上新摘的草莓
仿佛塞尚的静物画,抖落掉

站错队的音符,和那串了味的语调
安然于随遇,静默于喧嚣
我想我应该向它学习沉默这大音里的

沟通秘笈,学它用沉默提问
用沉默回答,甚至,用沉默去辩论
轻轻咬一口这红嫩的心形之沉默

独特的微酸带甜,便唤醒了
我的记忆,是的,正是这藏于舌尖的
前世秘方,出卖了为沉默撑腰的

后台；如果说，这是一盘
高深挑战莫测的大棋，那就意味着
草莓不只是参与，也许还是个要角儿呢

除夕回旋曲

——可是,那又怎样
来吧,跟我一起过节做我的朋友吧

败下阵的雄狮,望着对手牵着自己的
战利品,双双离去的背影
垂下头,摇摇晃晃地躲进角落舔舐伤口
棘刺上颤抖的露珠,神秘兮兮地
折射着空气中挑逗的诱惑气味
而落单的喜鹊,却再也提不起兴致
像往年一样去打趣霜雪中忧郁的落花

——可是,那又怎样
来吧,跟我一起过节做我的朋友吧

梦里的幻影飘过鹅卵石街巷

昏黄的路灯下，异乡人竖起衣领
独自抵挡苦雨那无聊可笑的湿冷修辞术
不料却一头撞碎于，偷穿了
马戏团小丑的灯笼裤和带钩的大头靴
在去年的雨和今年的雪之间
夸张地窜来窜去的荒诞的世界怀抱

——可是，那又怎样
来吧，跟我一起过节做我的朋友吧

披衣出门，才穿过荆棘路，却又栽进荒原
那一声仰天大笑，划过夜空
被收录于"世界上最忧郁的声音系列"
然而，在"脱衣"与"穿衣"的象征性动作中

天使和折断的翅膀,还是没能躲过
那形而上之痛苦的构陷,再一次绊倒进
追问我从哪里来的没完没了模式当中

——可是,那又怎样
来吧,跟我一起过节做我的朋友吧

打结的雨线

是的,我想那是在晚秋的一个黄昏里
我的左手拎着绝望,右手托着安慰
当时风很大,在过墓园的安检时
绝望因为违禁,被扣下了

而那一直陪在身边的安慰
被换成了带有密码的陌生底牌
说来奇怪,握着它
底气也紧跟着十足起来

你知道,尝到这甜头就意味着
上瘾的概率是可以轻易翻过"1"这高墙的
好在没什么大碍,就像正和博弈
即使再不济,兜底的

至少也是在降维式的简洁里
透着点淡淡的愉悦
记得那年,神坛上的偶像掸掉时光之尘
孤寂地打着哈欠,窗台上晒太阳的

喵星人睥睨着墙角里
精湛却不上台面的猫戏鼠的鬼把戏时
靠北的那排银杏树
就像约好了,齐刷刷地向前跳了一大格

路旁电线上的灰喜鹊
不知从何时起就一直守在那里俯瞰着
偶尔的高调啁啾
似乎在提醒匆匆过客别忘了驻足仰望

下雨了,细细的雨线
在半空中打了个漂亮的蝴蝶结
这由急而缓的雨,也许并不止于
更优雅地慰藉大地那焦躁紧绷的神经

转过身来,最后的地平线上
已然升起一道彩虹;那只冬眠的熊
被阳光叫醒,缓缓地爬出洞外
张开双臂,送给不完美一个正宗的熊抱

此时,不妨剪一片彩虹胶条密封于
羞愧的胎记,掬一捧暖阳注入生命裂痕
当输入底牌密码,重启,你会发现
点开的将是出神般神秘的界面链接

蛋壳涂鸦上的真

——赏3岁侄女幼儿园画作有感

抽象的绿色线条,绑架了
散养的芦花鸡生下的
头枚红皮鸡蛋,不可避免的
对抗与挣扎,破碎与毁容
让原本光润的椭圆形之安静

在彩笔的涂抹中,恍若
被抽打的陀螺,旋转着
孤独的无力感,和绝望感
也许,这,就是世界的真相
但是,别忘了,芦花鸡的

监护者,可是厉害的大公鸡
它的自信来自于,对蛋的
生,与熟的鉴别;对于熟蛋

外表的破损,也只不过相当于
踢了隐形的存在之球体一脚

强韧的内心,至多,礼貌地
抖动一下而已;从卤蛋,和
茶叶蛋,不屑的眼神里
不难看出,舌尖从未在乎过
蛋的颜值;成熟,意味着

巨婴,是永远也长不大的生蛋
而幼儿园里看似幼稚的
蛋壳涂鸦,反倒是,回报
芦花鸡的最好礼物,至少
人生成长的方向,总该是对的吧

冬日里的驯鹿

冬至刚过,厚厚的积雪
覆盖着木屋旁的林间小路
踩上去咯吱作响,对面
驯鹿一动不动地立于灌木丛后
多叉的鹿角,和裸露的枯枝重叠掩映

就好像烛光下的鱼翅和粉丝
看上去既孪生又双生,实在难以分辨
或者,在面对一幅裸体画时
凝视半天,也无法盖章色情还是艺术
然而,衬着蓝天的底色

那剪影般的造型,却同构于
简洁且优雅的数学模型
如果代入时间变量,差不多

一眼就能看出鹿角和枝叉的分别了
比如，鹿角习惯于披着晨曦穿过雾霭

而枯枝，总是在迷雾的麻木中
渐渐化入莫测的夜空
再比如，鹿角的活血化瘀
能够滋补枯枝，以及大地之肝肾
而且，透过鹿回头那凄美的眼神

合拍的话，还可体验到驯鹿那终极的
时间雪橇所带来的探险刺激
倘若能像蛤蟆一样被吓出一身油
那便预示着，融冰后的湖面上
偶然，将再也无力翻卷起时间之褶皱了

根之言

有这样一种可能:树叶
是树干的障眼法。当树干
说话时,叶子便萧萧落下
光秃秃的枝干裸露着
冷静的激情;在这敞亮的
局气的现场,倘若弄混了

栾树和梧桐树,森林
是不会计较的;也有这样
一种可能:树干是树根的
障眼法。当树根说话时
雷电之锯便伐倒枝干
年轮光盘刻录着根之秘语

一行诗,一圈年轮

诗行之间链接着命运的
超级文本；稍不留神
就可能被偶然撞伤，撞碎
以至于命丧也未可知
行于年轮之诗，就好像

醇酿美酒，须耐心地谦柔地
等候琼浆玉液慢慢渗出
或者，像凡·高的向日葵那样
专注和虔诚于阳光，至少
根之言语，是能够让风中
那摇摆啼号的枝叶安静下来的

凌乱的翅膀

"来,坐近点儿,一起聊聊吧"
这是失恋后的第三天,他决定下狠手
对"情"这个不大讲理的字做点什么

换句话说,就是以聊天作为幌子
把它给聊死,然后绝交,再换一个新的活法
从此以后,那突然爆发的火山

便在青灯独守黄卷的孤寂里,冷却下来
至于后来,那斑状的火山熔岩
是怎么把冷硬报复性地偷换进他的内心的

寺庙看门的石狮子不会看不见吧
有那么一阵子,点燃一炷香时
故乡的炊烟便会消失不见

这难道跟蜘蛛把黏腻的网,结挂在眼睫上
有什么隐秘的联系吗
看来,绕了一圈,还得让猝死的"情"字回生

要不然,云上孤寒的日子
怎么可能轻易放手,恐怕还是会
让高蹈的翅膀在高处的冷风中继续凌乱

拐角处的岁暮钟声

岁暮穿过长长的梅园小径
赴约于城市的拐角
在新年的钟声里
将岁月接力棒赓续于元旦

远眺,就像卫星之于恒星,遵循于
天空深处那隐秘的存在之球体
当一阵刺骨的寒风呼啸而过
它的脚后跟,冷不丁地

被历史的车轮磕了一下
它感到羞辱,请求上苍
不要嘲笑它的疲倦和被捉弄
地平线上,火山的喷发

把过去和未来搅碎，拌匀
萃取出永恒的当下
这冲动如同一柄利剑
在刺破苍穹的刹那，一束光

仿佛舞台上的追光灯，罩住了
黑暗中的舞者。此时
洞察于脑洞，一切，便会悄然融入
当下那海啸般的可怖之大美

湖畔的长椅

时间的足印终结于
蓝天和白云之间的虚谷
靠近点看,苍茫的
虚谷的眼白里隐藏着
轮回关卡的密钥。去蔽的
现场,暴露了前世的我
来自于白云,而今世的我

则来自于蓝天。循着
一种隐秘的味道,穿过
林中小径,记忆湖畔的
长椅,见证了我和我
重逢于盟约安排的金秋
分身默契着双生,绑定于
无名的偏好,看上去

竟然比形影更难分离
或暂或久的小别，恍若
时空倒错，一眨眼
穿越至前世，回到比白云
还白的虚幻；厌倦的
碎片崩溃于窒息的唇吻
就好像过度曝光的

废旧底片，拿捏不当
就有毁容的危险；纵身于
悬崖峭壁，一阵晕眩
颤抖的四肢僵于半空，直到
回过神来，仰卧于
蓝天之下，惨白的心
才慢慢变蓝，以致胜于蓝

回形针

不是糊弄事儿的三脚猫功夫
也不是演技派的老戏骨
时光把迷宫般的世界弯曲成
回形针,夹在那A4大小的
白纸上,它的背面复印着
加过晦涩防蛀剂的新诗

这样一来,就像落叶逆天
回归于树枝,令人发愣的
怪事敲了敲边界警卫的肩膀
便真实地现身于现场了
当天幕显映出复位即秩序

正对着地平线的纵切面
那掉落一地的马赛克断片

瞬间归位于美得不像话的
壁画之中；所有裂开的
伤口，以及缺少爱的空隙

也都一股脑地被隐喻的触角
探测，消毒，然后缝合
靠北的林荫路旁，游魂似的
动名词结束了没着没落的
疲倦和绝望，核磁共振般

光谱着心灵地形图；夜晚的
湖面上，那摔碎了的残月
泪光闪闪中整理着行装
准备搭乘黎明的第一班车
返回月宫，恍惚着影印于

被正反两边挤压得几乎
窒息的白纸,这不禁让人
联想起那只咚咚咚地猛敲
树干却不担心脑震荡的
啄木鸟,是的,很多时候

缓冲意味着摸清了死亡之河的
深浅,至少,可以老练地
拿捏不安分于恰到好处
当然,前提是你得相信纸背后
那精彩的故事,可吊诡的是
这就像买彩票,还是得靠运气

雪山上的温泉

远山,终年积雪,云烟弥漫中
若隐若现,雾气缭绕的圆形温泉
像帽子一样戴在雪山的头上

在阳光看来,雪山与温泉的这种组合
仿佛冬天拥抱着夏天,让冰与火
冷与热,诠释悖论与张力;交汇处

时间之烟囱,将可计数的嘀嗒声
从这里,化作一缕白色烟雾
而雪山上的温泉,会不会藏着什么秘密呢

要不然,当你纵身跳入水中的瞬间
怎么会有天使般的歌声,犹如出水芙蓉
缓缓地向你聚拢,晕眩中

音乐将你从水中托起,烟花般绽放于夜空
此时,倘若有人告诉你
那是莫扎特音乐的金色音符,把天上的

秘密融入泉水,你是点头还是摇头呢
然而,所有这一切,都是在
静默中发生的,寂静,的确是灵魂之舞

看之你我他

你盘坐于云端看着地上忙碌的我,就好像
那无处不在的监控摄像头;抬头远眺
又有点像操控于天地间的提线木偶
记忆中的那个秋日傍晚,我是怎样降落于

自己的墓碑上的,这件事你比任何人都清楚
当你看见,我被工具箱里甩出的模糊的
大词击中,掉进流水线;或者,沉迷于水中的倒影
抑或,为了一块钱去跟菜贩争吵;而练就

一身的腱子肉,只是为了跟自己的伤疤较劲
还有,在弄丢睡眠的那个午夜,趁人不备
去偷折隔壁的桂冠,以至于,嫉妒催熟的罂粟果
逼退了承认自己什么都不是的勇气,每至于此

你都会拖一拖拉线,恰到好处地
把我拽出聒噪的黏稠,打发我去清洗墓碑上的污渍
极端时,你还会把我拉回你的身边,轻轻地
摸摸我的头,一起坐下来,安静地俯瞰着

滚滚红尘中,我的房屋升起,又坍塌
然而,令我好奇的是,这里发生的一切
全都在他的掌控之下,而且,你不只是听命于他
还处处模仿他效法他。那么,他究竟是谁呢

荔 枝

没看见完整的结构之前,世界
是何等的荒谬;无聊时
跟虚无调调情,随意把玩一番残缺
遇到好的天气,还有可能

轻抚着谎言的头发,向神像
撒个娇,以便求得一副意义安慰剂
六月里的荔枝,风铃般垂悬于
飞檐翘角之古朴,等待着

清晨第一缕光线的CT扫描
果壳上鳞斑状的突起,就好像
生命细节的味蕾,敏感着
夜晚的房屋,室内相较于室外

哪里更黑一点；而粗粝的
突起之间，叙述的缺席，涌动起
体面节制的寂静留白
挑逗着一连串最危险的想象力

那紧贴着果壳内层的奶白色睡袍
宛如世界尽头的界河，规避了
风中不可描述的人之气味，渗透进
果肉那凝脂般清香的可能性

咬一口荔枝的甜美，再回首时
凹凸不平的果壳上，世界
又岂止是世界，至少，背景的底色
已由虚无，拓深至果核内的新生

留　白

时间枯笔飞白着融入
留白；世界的底牌也被
反扣着锁进了抽屉
这里，屏蔽着尚未破解的

信息，而你只能不停地
用眼神和口型暗示，打着
手势，期待着密码被破译
也期待着验证码被验证

你知道，领先不等于
领情，领情也并非领受
就像被你藏于葡萄的甘甜
之于迟钝的味蕾，或者

藏于腊梅的暗香之于
麻木的嗅觉；接收的失灵
在荒原狼的白眼看来
就像引力笑眯眯地遥控着

玩偶表演空坠之险技
睫毛上的夜，仿佛可怖的
黑暗森林，倘若不能
灵犀于这独特的修辞手法

即便失重，那振翅于
大地的飞升，那看上去的
翩翩遨游，终究还是
逃不出布朗运动之枉然

没有女人的女人节

河对岸,漫步于沙滩斜照下的拾贝者
打一出生起,便是超越性别的另一种存在
虽说这消解了异性,或者同性博弈时

心机于算计的冰冷和尖锐
可前世那朝向极限做出的冒犯性举动
就像榨油,从橄榄的粉身碎骨中流出的

岂止是油,更像是一种苦心的提醒,比如
你得托托时间的关系,走走诗歌的后门
再去贿赂一下语言城堡的词语门卫

必要时,还得像特工一样窃听最机要的情报
直到折腾得几乎倾尽所有,包括
祖辈留下的铭刻于基因的密码

可是到头来,收获的也许只是一支
可以插入云层的吸管,就好像
通过脐带吸收子宫营养那样,吮吸到

源自母语果园的鲜榨果汁
让明明出了岔子,却不愿意承认的生命之肾
从虚伪中搬运出虚弱,再也不必宿命般

用DNA的双螺旋,去镶嵌那精致的死亡边饰了
这就像,绕过那道影壁,才能豁然于
河流的流淌只为流淌,鸟儿的鸣叫,只为鸣叫

葡 萄

还记得那个寒冷的冬夜吗
窗外的落雪,把六角形的简历投向大地
这件事,究竟是怎么传到了
壁炉的灰烬内,让复燃的火焰
开始反复演示自焚的,倘若
一直在场的烛光不开口,会有谁知晓呢

至今记得,当你将那瓶珍藏了多年的
葡萄酒打开,倒入郁金香杯,娴熟地
摇晃着暗暗奔涌的醇香时
你说,在葡萄酒还是葡萄的收成年份
光照,湿度,营养,乃至心境,默契到
足以让有出息的燕雀,啼鸣出
鸿鹄之志;还记得吗

望着新剪下的葡萄，你说你开心得
就像刚得到玩具的孩童
可是，当你把葡萄密封入橡木桶的那一刻
眼圈红了，你比谁都清楚
中选的葡萄，将在木桶内发生什么
——死亡，发酵，变形，化作甘醇

那个冬夜，应该算作我的命运分水岭了吧
酸甜苦涩，在舌尖演绎和而不同
醇香，推开房门，划过夜的长发，缓缓地
吹响魔笛梦幻般的晨曲
悠长的余韵，便如同人生之向导
引我探寻自己在宇宙中的位移

秋的既视感

秋风的淘气总是可骇的
你看,它把世界竖起
弯成C字形,游龙般

机灵于空虚的虚空
稍稍愣神,它已弓起脊背
酷酷地一跃,恍若鹊桥

飞搭于缺口之等待,厚道地
圆了C的O形圆满之梦
移步于背面,秋风牵拉着

秋雨,看起来,既像垂幕
又像陌生的量尺,精测着
世界残缺的永恒胎记

萃取于数据,飞浪拍岸的
调性,抑或钻牛角尖的纠结
了然于一片秋叶的去蔽

倘若里尔克在场,老实说
他也未必不会假装否认
那可怖之美的既视感吧

全息拼图

让白云，和它的水中倒影
在鸽子咕咕咕的叫声里，形成某种体系的
后台推手，会是何方神圣呢
这腔调，听起来多少有点儿像
在悬疑迷雾的重重笼罩下
那叼着烟斗，眉毛微蹙的侦探推理

不动声色地从大脑的沟回里倒钩出
哲学问题——谁是凶手。冬日的午后
无法安放的焦虑，将早已整理好的行囊
背上肩又放下，再背上，再放下
这反复的折腾，就好像模仿拙劣的回旋曲
在本该克制的结尾，一个用力过猛

便将行囊失控地甩出门外

可到了该出发时,却又遇上难以忍受的词语
以永相随之名,镣铐般扯起后腿来
蹒跚于凄惶的冷雨里,走着走着
越来越觉得,那跟自己过不去又从未放过自己的
原来,竟然是自己;这意味着

目瞪口呆,可不仅仅是一个成语
你看,不厚道的风,趁机举起石锤
将惊恐之表情包,敲打进前额头
在复盘的行走里捋一下痕迹才发现
当时至少翻过了三座高山,才勉强缓过神来
而把自己推下悬崖的那一刻,的确发生在

盘山路紧急拐弯的崩塌之中
康复后,我改了名字,抹掉了之前的曾用名

到了午后,我便安坐在湖畔的长椅上
看着眼前的鸽子,轻轻掠过水面,娴熟地
叼起白云的倒影,向白云飞去
而这一切,后来都被放进了你的全息拼图里

榕树的气生根

登陆鼓浪屿,垂悬的
榕树之根,旖旎于风中
仿佛传说中那柔可绕指的

神剑,一不留神
挑开了曾经专属于
柳条的魅惑般的妖娆

不羁的野马驰骋于
染色体的双螺旋时空隧道
那被亮出的耻辱底牌

看起来骄傲,其实虚无得
没什么底气;在翻牌的
刹那之间,那结束于

空中的柳的发辫就已经输了
输给了起于云天,但却
伸向大地的榕树之气生根

三道选择题

第一道选择题,就做错了
成绩单,收录于基因族谱
烙刻在胎记上的零分,仿佛
外乡猎人设下的迷彩圈套
羞耻于无知,认输,比宽容还要妥协
半空中,一只盘旋的鹰
不小心,撞上了风筝的拉线
一番撕扯与缠斗之后
透过零度的目光,升维谛观
断了线的风筝,折了翅的鹰隼
坐在密封,且蔽光的虚无袋子中
清理那磨得有点卷边的票根
就像一记重拳打在绵花上,无力又无奈于
生命中,那不能承受之轻,之重

雪夜,风很大,躲不过的
选择题,横拦于林间分岔的路口
记不清,当时怎么就,听信了
从集体无意识里跑出的蚂蚁
背起行囊,头也不回地踏上了
看上去体面,但却通往悬崖的险路
俯瞰,风与浪嬉戏于
德彪西的《大海》,浪花
优雅地芭蕾着《邀舞》
出神之际,差点没纵身跳下
恍惚中,泡沫下的无名白骨,交叉着
呼应虚妄空难中,黑匣子里的绝望

调头,原路回返,才发现
那只熟悉的喜鹊已等候在岔路口

跟着它,穿过镜像,逆风而行
路旁,忍冬枝藤蔓蔓,叼起一枝
蘸了蘸,那从高窗里飘出的
安魂曲,鸳鸯似的金银花便开了
手法娴熟到,你不会怀疑,这是个意外
就好像,李白的白,对莎翁的
悲剧之泪的悄然稀释。虽然
隐藏于指间的孤寂,总是一再地
挑破伤口,钩沉苦痛,可谁能拗得过
记忆深处那故园味道的诱惑呢
——这是第三道选择题

三月的柳

三月的柳是个任性的动名词
一笔一画间,散发着原始丛林的迷人气味
细枝与花絮的细密织体
筛出爱与怕的魅影,装饰着时间之长河

据说,它是月光手中的鞭子
总是把地球当作陀螺抽打着取乐
那不会哭的生命冲撞意志
总是红着眼睛觊觎阳光的终极桂冠

无论这种说法可不可信,至少
你我的身心,刻着或隐或显的鞭痕
这鞭痕,是羞耻的艺术
就像逆光中的剪影,在暧昧中兀自凄美

然而,三月的柳,再机灵,再魅惑
也比不过虚无的高智商
这一点,星星看得很清楚
其实,只要追问一下月光的来源就明白了

辑四

阁楼的窗户

开向大海

删除线下藏着离你最近的诗行

从空洞的大词里逃出来,就好像
从梦里跳伞,着陆后才发现
弄丢你的名字已经很久了
在只能看到自己影子的日子里
罂粟花那虞美人般的笑眼

每每眨动一下,青春的指间
便会渗出一道奶白色的蒴果汁液
就像子夜收买的删除线
在目标性的颤抖里,涂抹掉
离你最近的诗行;沉香味的句子

为了不让伪天堂里华丽的辞藻
混入而串了味儿,只好穿上
隐喻的隔离服,蜷缩于

那超人般的气场下
等待着,从谎言里排出的积水

在某一天,能将撒哈拉的沙漠变成绿洲
当那古老的驼铃声,典当了所有的
记忆,承包起胡杨树改写的
不让高贵的灵魂上岗的命运时
解套于干枯的唇裂,便意味着

送走了蜜蜂的杏花,在用凋零
托起幼果,朝着你呵护的果园生长时
又缩小了一点与你的差距
而这,对于跟死亡做过交易的
落花来说,就已经足够了

霍珀的光

不知你有没有见过,一个人
在遭遇到光的欺骗之后,是个什么样子

当高空虚蹈的梦想,像老鹰一样
直扑而下,一头撞碎于现实的大地
当冒着热气的荷尔蒙,在时间线上

疯狂跳跃,闹腾一番后,滑入
渐冷的暮色,消失于阴暗恐怖的丛林
当高傲的绅士,一个不小心,将排演过的

温柔搞砸了,致使精致的人设
转瞬之间崩塌,此时,那冷漠的面具
便会永久地挂上脸颊,就像霍珀的

那幅《二楼上的阳光》油画中
看书的老妇人面无表情,与共享同一片
阳台,坐在阳台围栏上向外张望的

年轻女人,在反差的张力中,达成了
奇怪的平衡。这吸引年轻人的光
老妇人可能早就见过;也许,在她看来

这可疑的光,就像白色的刀,曾经割伤了
她的信念,和热望;也许她还不太确定
这光是从哪里来的,但她知道

被光挑起的激情,在虚构的意义之海
波浪一般,起起落落地涌向岸边
然而,弃她而去的光,却头也不回地

向阴暗威严的山林背后快速移去
她能感觉到,这时间秩序里的光不可靠
她在寻找,试图穿过书本,穿过时空

穿过那死寂般的冷漠,也许,在她倦怠地
闭上眼睛的时候,倘若运气不错
没准就能看到她想要的光,那不一样的光

结束了

结束了。
凄凉的月光下
他行尸般挪向大海的深处,把灼伤的爱
从失火的脑后,运往泪痕勾勒的别处

记得那年的夏至,当他看见一片积雨云跳水自尽
便萌生了作画的念头
他想从拍岸的雪浪炸裂中,复活出
榕树下玩伴的嬉闹,和晨露中玫瑰那含泪的微笑

也不知从何时起,欲望便勾搭上了
神秘兮兮的大词,手捧着罂粟花,沿街叫卖
让恋人的香甜在酷暑里串了味,畸变
就像互为人质的社交,点赞的表情包下暗涌着微妙

窗台上,鹅卵石蘸着记忆书写自传
它想起了小时候,总是梦见自己是太阳的胚胎
可身上的裂痕,又钩沉起,当年补天裂不幸跌落时
发出的那一声绝天般的呐喊——

结束了。
然而,句号里却酝酿着新的开始
就像果核里的希望,和蛋壳里孕育的生命
在破壳的一刹那,湖畔的枯柳也便发出了新的绿芽

一棵树,从岁月的指缝间
升起又消失

盘旋的岁月,盘不出

漩涡中心黑洞般不动声色的操控

否则,赠送给玫瑰的礼物

怎么又亲手捣毁于落花的那一声叹息呢

性情中的海浪

即使失去了风的赞助

也依然翻滚着白色的兴奋

撞向鹅卵石预设的死亡海岸线

不知从何时起,月亮

便在圆缺的轮转中,迷上了

阴阳鱼的八卦魔幻术

而恋人的热吻,也在刹那间皱裂成了

岁月旅馆不规则的夜晚碎片

放弃希望的苍蝇,乱飞中

撞上了路灯下摇摇晃晃的前世梦影
相互鄙视了一会儿后
打着哈欠消失于街角朦胧的晨昏线

晚秋的午后,日蚀
悄悄地爬上了太阳的狮子脸
只听一声狮吼
受到惊吓的蘑菇
颤抖着从雨后的朽木探出脑袋
却意外地发现
那散落一地的岁月
在被收进光线圈围的镜框时
一棵桃树,从昼夜轮回的指缝间升起又消失
就好像玩积木的孩童
创造一个世界,又亲手毁掉一个世界

眨眼之间，那盛开的桃花

和枝头的鲜桃，便同时出现于微风轻拂的午后

然而，花与果相互间会心一笑的姿态

却在不经意间，走光了岁月那古老的后台密室

少女的微笑

挑破山水的底线,她微笑着
不同于蒙娜丽莎的复杂
她的微笑,纯真得令人羞愧
就像阴谋被拆穿,火山的灰烬
便宿命般落入水面那干枯的皱纹里
高仿于她的微笑,背后
其实冷冷地暴力着抖擞威风,重新

把溺水的自尊打捞上岸的死磕
倘若嘴角挂上她的微笑,乍一看
就如同一出野狐励志的悲剧
除了一声长叹,还能怎样
当我们用这微笑腌制命,和运
测量它们在纯度上的光年之差值
如果这神秘的落差,仍未向你显现出

灵晕之笑脸,那就看看窗外吧
那个衣衫褴褛,蓬头垢面的乞丐
落在墙上的影子,却是头戴皇冠的国王
旁边梧桐树上的乌鸦,即便
真的如愿,飞黄,以至于
腾达至星月之上的高度,也依然
逃不出她那永恒之微笑的投影

诗的母语

自从诗人的母语,和诗的母语之间的桥索
被割断以后,诗人的声带便开始板结
而僵硬的唇舌则让蜘蛛眼睛一亮
转瞬间,蛛网便锁住了喉咙
丧失灵启的诗人,便一步步走向枯死的边缘

抬头眺望,被冷风吹乱的苍穹渐渐暗了下来
盘旋于森林上空的鹰隼
突然的一个滑翔,叼起断索,循着
冰雪上血迹滴落的延伸方向,去探测
那隐匿的诗之母语的声音,恳请

至少能从某个漏洞的内壁获得一次回音式聆听
以便让胡乱扑腾的羽翅,按照春天的样子
再流畅地飞翔一次,让走丢的记忆

从冬夜的灰烬中,找回
诗行在可靠的光谱中翩翩起舞的姿势

这,既像是一种起源,也像是一次行动
更像是,将生命带向某个超时空之远方的飞翔
那被做空的灵魂,又被题满了诗篇
而从失语中醒来的诗人,披上斗篷,重又漫步于
刚刚修复的索桥,仰面清了清嗓子,开始了新的吟咏

天　窗

也许，蓝天只是为了命名蓝天才存在
就像夜空的出现，是为了回应
惆怅对虚无的一声喟叹
影影绰绰中，那淡入天边的云朵
紧贴着穹顶般的星空缓缓飘移
受到好奇心的挑唆，去探寻

那不羁于虚空穹顶的天窗
说来奇怪，云上的日子
若能诚实地掀起神秘浪漫的面纱
骨子里涌出的，其实是
缺少爱的孤寂和寒荒；远眺
苍穹的边界线上，高蹈于高调

挑起了人类止步的条幅

这里是死神的领地,靠近看
那藏于深渊的眼神,倏地闪过一道寒光
就像注射了巨人基因的傲慢
诠释着走了样的恐惧,那么
是什么让我们不屑于天窗的存在呢

是认可了那发自于果核的短信吗
把中点和终点熬成一锅美味的养生粥
究竟是偶然还是必然呢
也许,从那片偷走了真相,遁出天窗的
白云所留下的微笑泪痕推断
答案没准儿就在窗外吧

星空,是你手中的一把细沙

浩瀚的星空,只是你左手中
一把闪光的细沙
知道这件事时,他和她刚刚分手
住在一颗叫做地球的沙粒上
自从他们一起把枯死的爱,安葬于
初遇时的那个十字路口

彼此便成了陌路,再也没有联系过
直到有一天,在你的右手上
在那座神奇花园的馨香小径上
他和她又相遇了,这一次
牵在一起的手,就像花园里
从不凋谢的金银花,再也找不到

分开的理由,因为在这里

像背叛、嫉妒、憎恨、厌倦这类词语
全都被大写的"爱"给取代了
然而,从你的左手,到你的右手
中间却隔着挑战死神般的孤注一掷
回望那个惊醒的午夜,当他决定

把所有的一切,包括干枯的灵魂和名字
一并打包抵押出去时
他走到镜子跟前照了照,发现自己
已然变成一只刚清理过的空杯
唯一需要做的,只剩下耐心等待
等待你来兑现把杯子装满好运的承诺

雪花梨

正午的阳光,利刃般垂直着
切开一只雪花梨,一半
置于右手伸向白昼,窃取

光的隐秘,另一半则
托起于左手,朝向黑夜
探寻暗之精密的算法

远远望去,仿佛天秤的
两端,于起起落落中
摇摆着平衡与失衡的博弈

可是,只要一听见黎明
对黄昏的轻声问候,双手
便会靠拢着趋向于合十

而梨的两半则带着各自的
信息,让重逢合法于
某种蓝色程序;倘若看见

后台的强光无死角地驱散开
隐私的迷雾,香甜的梨汁
便会顺着记忆的裂痕缓缓流淌

一个安静,紧紧抱住战争
——致艾米莉·狄金森

她,一个安静,一个
"不想把灵魂挂在印刷品里"的谜团
到头来,战争却成了纠缠她一生的主题
安静,更像是
孤独赠送给她的一份友情赞助
然而,对待窗外的光阴

她却表现得像个不打折扣的天才傲慢者
你看,在毕业典礼的仪式上
这个缩时摄影大师,提前买断了人生
将自己的摇篮曲,和安魂曲
一同编织进那件高辨识度的白色长裙之中

桌子上的时光打磨机,是夏天
从黑市上买来的走私货,靠近嗅一下

还有一股抛光自己的名誉,地位
和世俗后,残留下的焦煳味;在她看来

这不过是些向虚妄撒娇的道具而已
她天然地排斥戴面具
对矫情的伪饰,兜圈子,没有一点耐心
反倒觉得,抄个近路,走个捷径

然后回头向谎言做个鬼脸,可能会
更有道德感一些,以至于
任何通用的标签在遇见她时,只好
耸耸肩,再尴尬地皱眉一笑,赶紧溜之

这令人不安的安静
比同龄人过早地躲进虚线缠绕的孤独里

实验着一个人的社交,一个人的
战争,甚至是一个人的婚恋
那看不见外面风景的房间,便成了她的战场

虚构的对峙,撕咬着真实的抗辩,难解难分
直到,灵光突然闪现,一串串诗行
穿过天花板,滴落在手工缝制的
小册子上时,才肯收手,长出一口气瘫坐于木椅

抬头远眺,灰蒙蒙的夜空中,忽闪着诗之谜团
一个安静,一个紧裹着战争内核的安静
至今,依然悬挂在风的喧嚣里,继续默默地
让孤独的归鸟,飞越成最高虚构里的真

回头的艾略特

躺进两次浪头间歇的寂静里
是他在盛誉之下的喘息
在这里,摘下面具,聆听沉默
任凭微风轻抚那压抑,紧张,线条下垂的脸

他生来就嗅得出堕落的味道
希望能从心灵这个悲伤的器官,搭建起
诗歌的桥梁,重新回到
被遗忘的原初,从那里带回些不朽的东西

滑溜溜的斜坡上,他期待能突然出现
一棵树的拦截,一块石头的阻挡
他尝试把一根意义之长钉敲进荒诞的虚空
以便为滑落提供一种抓手

传说中关于他的厌女是怎么回事呢
看着前妻兴致勃勃地说着错话,疯狂下
全忘了他的父亲曾经以制砖为业
四处躲藏的不堪,谁不恐惧裙子的摇曳呢

可是,那个一直藏于心底的圣女
仿佛随身携带的佩玉,陪着他
朝向但丁的《神曲》长大,成熟
让晚年收获的爱,在双手的紧扣里永恒

一只乌鸦把虚空飞越成峡谷

没想到,一只乌鸦,能把虚空飞越成
幽深的大峡谷,看上去,就好像
敞开的衣衫,可那逗号般的编织扣
接下来的命运又将如何呢

要知道,逗号的停顿可不只是控制呼吸
倘若选择等待,等待风再起时
将下半句的衣襟,扣合进
某个安静的秩序里,这概率是大还是小呢

倘若从千古传奇里滑翔而至的飞鸟
不小心折断翅膀跌落于谷底,根据什么判断
救助的信息究竟是真的还是假的呢
这就像,即使能够凭借经验

看破狡猾的邻家小男孩在右口袋里
倒腾的鬼把戏,却无法知晓
那振翅于左臂的白鸽,是归来,还是出发
当光线做的带钩的针尖

从盛开的花蕊里挑出爱的魅惑时
被碾作尘泥的落花
将所有的期待寄予花香,这件事
能不能把涡形藤蔓上那欺诈的阴冷线条给拉直呢

樱　桃

我从你的词典里取出樱桃这个词语
把它栽种在果园里
一棵樱桃树便缓缓升起
圆圆的灯笼挂满枝头

折叠的时间,比延时摄影还要缩水
陌生的,在于樱桃无不并蒂而生
摘取一对移植到我的词典里
于是,你的词语天空

仿佛无边的穹顶,罩住了
忽闪于知识浪尖的蓝色酷炫
当你晨曦般驱散开谎言和借口的迷雾
原来,精致的天梯背后

却尴尬着时钟嘀嗒出的锈蚀与皴裂
而有你参与的世界，看上去
就像巨大的并蒂樱桃
三角形与圆形出演的双簧，泄露了

你为并蒂的圆润所创制的秘笈
再出场，被重新定义的圆润
圆润着午后冰咖啡里
那矫情的孤独，和空遁

记忆的橡皮擦

曾经尝试过成百上千种死法
只为找到,可与自己的生
最为相配的一种;后来
我用白色的橡皮擦,按照

合同条款的约定,擦拭掉了
所有的记忆;就好像
明明知道,孤独地走上
荆棘丛生的偏僻山路有多痛苦

但为了尽快抵达那可以起飞的
风口,以便跟得上你的节奏
我还是愿意,倒掉珍藏于瓶中的
热恋与失恋之鸡尾酒,结束这

捂着灼痛的伤口，漂泊于异乡那
倔强叫板于坚强的假装
直到后来的后来，在一个躲雨的屋檐下
当看见苍鹰，猛地从自己的

眼睛里飞出，我便开始把呼吸的
风筝线，安静地交到你的手里
由你来决定，什么时候可以
呼吸，什么时候，不可以呼吸

早春里的白玉兰

早春伸了伸光线触手
缓缓地拉开了白玉兰那
灰褐色的棉绒睡袋
一缕清香,一片白
乍暖还寒时抖落掉残雪

在冬与春之间,切割出
一道陡峭幽深的峡谷
回身俯瞰,那瞪得溜圆
却无感于春光的泪目
战栗着燃烧于谷底,直至

没入自然之灰烬
如果说,白玉兰的幸运
源自于对早春的敏感

那它的不幸,便是
这不可言说的先知般的

孤独了。幸与不幸
一直以来,都是扎在
重力心头怎么也拔不掉的
硬刺,即使挑破底线
裸奔着去作伪证

也依然无奈于对光过敏的
基因突变。半空中
一片洁白的玉兰花瓣
轻逸着春之飞毯;而你我
能做的,就是在煮粥时

别忘了加点玉兰花瓣
静静地细品,除了稻米的
香、滑、甜、糯,说不定
还能口福于比白玉兰
更早春的无名之滋味呢

掌纹上的悬索桥

堕落,就好像一块滚石,从山顶
翻落至谷底;那脱了扣的史诗,和
破裂的记忆,碎了一地;意外
已不再是意外,被群狼设下的圈套
拴住了脚踝,还未来得及逃脱

扑倒的身体,又被诱陷进精妙的机关
这些,是后来扫描膝盖上的伤疤才知道的
而关于逃离幽谷的计划实施
准确说,是从照着壁画上的神像
对自我下狠手,诸如煎炸,碾压开始的

可是,从黑发,到精疲力竭的白头
这用力过猛的背道狂奔
并未使双脚离地半步,反倒是

崩溃,从不误解绝望,包括身与心
若给整个事件复个盘看,大转折发生在

从神像的最高处收回目光,投向
拐角处天梯的垂降;抬头看
那伸向黑暗的手,清晰的断掌纹
让智慧线,和情感线合龙成
跨越幽谷的悬索桥,桥的黄金分割处

天梯,沿着生命线垂悬而下
此时,重新修补,拼接,清洗那遗忘在
角落里的锈蚀斑驳的词语碎片
猜猜看,结局除了让恢复的记忆
钩沉起史诗逃离幽谷,还会是什么呢

没有你的日子

没有你的日子,就像一条虫蛀的灰暗织锦
无法修补的破洞,任凭记忆碎片
在进度条上漫不经心地漏过
窗外,清冷的街道,配合着昏暗的天空
将沉闷的空气,窒息于无形
没有虫鸣,也没有鸟叫
就连巷口的那条大黄狗,也不见了踪影

你走了,带走了我的呼吸,也带走了
我的主题,那变奏出我想要的生活的主题
没有你,我对什么都打不起精神
总是感到乏力,倦怠,什么都做不了
就像一片失重的羽毛,可有可无地随风起伏

看着镜中的自己

我忽然想起在我生日那天

你问我想要拿自己的一生做什么

也许,我来到这个世界,就是为了

寻找你,认识你,把你当作

教我如何使用自己的说明书,告诉我

该怎样捋顺自己的混乱,怎样

跟自己做一个清算式的了结,学会

从琐碎的事情上,调制出奇妙的乐趣

学会把怨恨碾成碎屑,装入黑匣,投进湖底

当微风轻轻掠过湖面,一切

仿佛被切换至静音模式,终于安静了下来

我开始乘着一圈圈扩散的涟漪,向远处的微光

缓缓地晕开,在月之柔板里,等你归来

小于一

知道自己小于一这件事
对我来说,到底有多重要呢

当我看见——
腾空而起的超人撞上天花板时
四处狂奔的AI被边界铁网合围时
古老的断桥废墟上,聒噪声便沉默了下来

一道上了锁的门,一扇被钉死的窗
这看上去冰冷粗暴的阻拦行为
就像下坡时的手闸,悬崖边的护栏
边界的牵制,也为行空的天马套上了缰索

当我看见——
地上翻滚的红尘热浪,烘烤着

骄傲膨胀的空气,星月被挤碎的疼痛
便是诗歌的第一声呼喊,这呼喊
仿佛一阵风,齐着海平线呼啸而过

当我看见——
一只狼钻出我的身体,朝着茂密的
原始丛林跑去,我便学会了配合
知道如何用微笑,支持远方微光的承诺
知道如何用平静的呼吸,回应那原初的韵律

我开始等待,等待
一只巨大的狼毫笔,从上空垂悬而下

信天翁

你知道十年前,那个在马拉松比赛中
倒着跑的人,后来怎样了呢
虽然,这看上去有点奇怪

但毕竟不是什么丢脸的事吧,至少
他相信传说中,那习惯于
从悬崖边缘逆风起飞的信天翁

带着穿越冥河的护照,从遥远的
彼岸捎回信息,这也是为什么
当他感到倦怠,焦虑,迷茫,以至于

绝望到再也撑不下去时,总是会
坐在伸向海平线的栈道前缘
等待浮游于海面,或者盘旋于半空的

信天翁飞临身旁,为他卸下
缠绕在脖颈上的磨难,帮他校准指南针
陪他安静地坐一会儿

早晨7点

还记得吧,早晨7点醒来,我需要一个吻
而早晨7点,我总是能得到一个吻
那可真是一段甜蜜到没话说的好日子
然而,自从那年夏天的那场意外发生之后
这一切,便戛然而止

说来奇怪,那次准备了好久的远行
真是鬼使神差,刚一出发,便连人带车
一头撞向悬崖,落入万丈深渊。可是
离开你之后,我才明白,跟你在一起有多重要
也正是从那一刻起,我的悲剧便开始了

夜晚的酒吧里,我把灯光调暗,戴上面具
任凭体内的斗牛冲出围栏,朝着
一块抖动的红布,投入地把自己激怒

当斗牛满足了对激动的期待，我便拿起酒杯
把悲痛溺死在每一口烈酒之中

我从灰烬里扒出火星试图重燃我的爱，可是
徒然草却长满了房前，和屋后
旷野上，我不停地呼唤你的名字
希望你的名字能够布满天空，结成一张网
网住我对付不了的那一串串巨大的"不"

诗，或者桥

翻开你的诗集，一座桥
便彩虹般跨过湍急的
河流。我在第一首诗的
桥南吟诵着暗藏于
岁月褶皱里的辛酸和

隐痛，你在最后一首的
桥北安静地等我回头
一页页翻过，一阶阶
拾过；从桥上俯瞰
波涛撞击桥墩飞溅起
苍白的碎梦。不经意间

一阵北风悄然吹落掉
那沉重的记忆外套

顿时的轻逸，失重般
晕眩于空中那可怖之白
从你的诗里回过神来
我开始每日往返于桥的

两岸，往返于过去和
未来；当天鹅掠过眼下
平静的河面，我知道
读过你的诗，我便不再
感兴趣于其他的诗了

七　月

就算没有恐高症
从万丈高的悬崖边俯瞰深渊
也可能晕眩到两腿发软

大暑坐庄的七月，烈日
炙烤着幽幽的渊面，"咝咝咝"地
冒着热气。倘若你厌倦了
深渊里那精妙的荒诞把戏
七月，可是个遁逃的好季节

半空中，一只斑头雁
打了个漂亮的旋儿之后，瞄准
高耸的塔尖上方，猛一振翅
仿佛一脚油门踩到底，眨眼之间
便穿过虚空销声于时间之外

傍晚，当狂风押着乌云鸣雷而至
借光于闪电，原来，斑头雁的侧旁
竟然还翩翩着一只可能连庄周
也未曾梦见过的蝴蝶呢

桅杆上的海鸥

也许,白茫茫的尽头,另类着
生存奇境的拐角入口;倘若
未曾体验过,穿越虚空的后脑骨
沿着死神的脊背助跑、起飞的

战栗,怎么能轻易地吸食起
虚无,把生命托付给天人合一呢
古老的红杉树没看走眼
午夜时分,荒诞之锤把负荷的

世界,牢牢地钉进黑洞;谎言
僭越了,倒影里的金句,微笑着
把虔诚的信徒,催眠般,引入
焚尸炉于烟雾之缥缈。对面

残阳装点的灰色海平线上,海鸥
围绕着帆船的桅杆,不停地盘旋
仿佛黑胶唱机播放的回旋曲
张力着阴与阳、黑与白,以及

轻与重那双螺旋的插曲构象
当海鸥停歇在桅杆的顶端
你会发现,原来,它与其上的
云朵之间,也仅仅,只差一个飞跃

俄罗斯套娃

给世界加个框时,十层的俄罗斯套娃当中
哪一个会跳出来,跑到庭院门口
让斑驳的铁门,在砰的一声闭合里
夺回了属于自己的辖制权呢

愣住的空气,挨着出神的空白打了个寒颤
那被侧目带偏的孤注,隔空击穿了
水中倒影的抒情侧耳,消失于
湖中快艇兴奋出的雪浪状尾流航线

从此以后,这带框的世界便安静地悬挂于
无框的不可言说的秩序里,直至失窃
复盘于案发现场,从时空钉痕剥落的
词语尘屑中,也许能寻出些不寻常的线索来吧

走进街心公园,滑翔的鸽子,跟滑梯上的小男孩
同时触地,腾空而起的尘埃
被打上阳光的印记,就像拿到了边界签证
路过的白衣少年,盯着落于袖口的一粒尘埃

把脑子里的碎片反刍一下之后
突然转过身来,赶在孔雀开屏之前
终于在俄罗斯套娃快闪的地方
找到了那等待修复归位的带框的世界

水仙花

撑不下去时,便会想起凌波仙子的模样
花香稀释的,岂止是绝望,还有
原始丛林里浓得化不开的油腻腻的味道
狮子与犀牛的搏杀向来是惨烈的

以至于多年以后,犄角的断裂
却断不掉午夜梦回时,跟被角较劲的疼痛
不知从何时起,大海竟也成了
常常被利用的道具,当一阵风呼啸而至

如野人一般,越过海岸线扑向大海
风与浪,一边攥紧对方的小辫子,严肃地
切磋春秋笔法的妙用,一边还能
相互挤眉弄眼,勾起食指,轻佻地调情

而动不动就把虚无从骨子里偷运出来的焦虑
就好像乱飞的无头苍蝇,无处安放
那用力过猛的力不从心式生扑,在心碎中
既找不到靶心,也叫不出名字

拐角处的斜影里,倚栏侧卧的死神
翻了翻四白眼,吐出蛇信,嘴角上的不屑
便在鼻腔掼出的一声"哼"当中
不慌不忙地注销了黎明

终于下雪了,水仙的馨香,安静地
抚摸着定错调的霜夜,当她从水中救出
沉溺于自恋倒影的希腊美少年时
迎春花开了,在冬日

你走了以后（组诗）

一 无聊

他决定清理自己是因为，据他说
天人不合一，但天人应该合一，否则
他不知道自己该站在人这边，还是天那边
这是在你走了以后发生的事情

那年，那个地球裂开、伤痕满布的魔幻之年
立秋刚过，他便背起行囊
决定开启一场走哪算哪式漫游
岔路口前，他将硬币弹到空中选择去向

穿过荆棘丛，昔日的喷泉水池已经干涸
池底，被挑拨的蟋蟀在孙子兵法里互掐互害
突然之间，一声凄厉的鸣叫冲天而起

颤抖的回音,在他迷宫般的皱纹里撞来撞去

他感到厌倦,不再去咬那喂养他的手了
不再像斗牛场受伤的公牛,被红布一激便怒
也不再比作雨中落单的麻雀,穿着
湿衣服炫耀悲苦,把孤独戴在头顶上招摇

当他弯腰捡起地上一根生锈的长钉
一抬头,垂悬于云端的绳套,缓缓地
下降,然后猛地收紧,回升,融入天空
回神之际,他摸了摸自己的脖颈——还在

二　饕餮

一只蚊子,腹侧停止进食的信号神经折断后
它便不停地吸血,肚子吹气球般
渐渐鼓起,突然啪的一下撑破,鲜血直流
这是在你走了以后发生的事情

那时,他一直在寻找你
希望能在周日午后的某个拐角处遇见你
可是,当他捂着挤碎的贪欲行于巷陌
无处附丽的形容词却飘满了天空

走出高档餐厅,他摸了摸兜里的"过午不食"
不等舌尖真诚地忏悔完"下不为例"
脚尖便移向深夜狂欢的酒吧

用吹破天的牛皮，报复基因里的缺陷和卑小

对面，一辆刹车失灵的货车
沿着斜坡径直撞向山底的饕餮石雕
如果除了毁灭，再无其他制动器可以制衡
云鹤的一声仰天啼鸣，会不会多出几个意思呢

三　傲慢

一只狐狸,打着饱嗝,抹了抹嘴角的血迹说
——吃鸡是不对的,应该保护动物
诚恳的样子,就像嫖客边提裤子边劝娼妓从良
这是在你走了以后发生的事情

魔术师半掩身站在舞台幕布后面
看着台下迫不及待地想要被欺骗的观众
当神迹在他手中显现的时候
他会不会认为,日月,山川,宇宙正围着他转呢

一声抽向虚妄的响鞭在空中呼啸
轰的一下,舞台塌了,大师也在瞬间消失不见
昏迷中,他却一直不停地念叨

——完了,等我老了可怎么向子孙吹嘘呢

晨雾后的梧桐树从地平线上缓缓升起
碎落的斑驳树影在地上跃动
可是后来,大师便不再接电话,不再回复信息
据说,他正忙着离开这个世界

四　尘埃

一粒尘埃，能不能知道它在宇宙中的位置呢
当我与膝盖上的尘埃搏斗
我看着我与膝盖上的尘埃搏斗
我看着我看着我与膝盖上的尘埃搏斗……

就好像置身于不断复制的镜像之迷宫
那螺旋形的旋转楼梯，宛如一只巨大的螺丝钉
逆时针穿过白云旋入天空的最深处
晕眩中，只需惊鸿那轻轻的一瞥

尘埃便在一咬牙的颤抖里滑落下来
然而，在这悲凉的苍穹下，跟膝盖上的尘埃搏斗
为何有种跟虚空缠斗的荒谬感呢

好在,这行动本身,已然划出一条界河

一条能让时钟停止嘀嗒的边界之河
那来自时间之外的风,卷起地上的尘埃
指了指河对岸穿着白裙,胳臂抱满鲜花的
小女孩,和她背后的高山,低声问道:看见了吗

好吧……

自从习惯于以"好吧"作为开场白
你便不再拉黑那打满补丁吱嘎作响的世界了
就像注射过万能疫苗,自带屏蔽于
信息核爆的蘑菇云在尘世染缸里的迷幻投影

透过隐形的玻璃罩,当你的目光
扫过拥堵的车辆,扫地铁晚高峰密恐般的攒动
让头低下来的手机,便掩护着铅色的疲惫
面无表情地滑向佛系式的无奈

梦回的仲夏夜里,那插在长发间的白色铅笔
在半空中,勾勒着午夜断剑上的泪滴
溅上烈酒和甜饮的牛皮靴,摇摇晃晃着
一脚碾碎被弃于床脚阴影里的玫瑰

从绝望里弹出的一记重拳,倘若打在了棉花上
想想看,那是一种怎样的感受呢
而你,不等岁月的磨盘把你磨成齑粉
一刹那的"爱谁谁",便将自己彻底抛了出去

后来,你总是随身携带一支金色的防风打火机
虽然不吸烟,却喜欢独自坐在角落里把玩它
在"啪""啪"声中,点燃,熄灭,点燃
就好像平静地低语着:好吧,好吧,好吧……

我的猫

知道吗虚空,我的猫忍你已经很久了
如果你现在问我,火灾中
蒙娜丽莎和猫之间,你选择救哪一个
我不会再像以前那样
忽略猫的呼叫,径直扑向那神秘的微笑了

自从我的猫成为我的猫
我便不再窝进沙发吐着荒废的烟圈发呆
不再冰凌般悬挂在屋檐下嘲讽红尘的喧嚣
那厌倦了咀嚼虚空,不恭地玩世的油腻
那貌似看破一切的慵懒,也早被我的猫看破了

每到对什么都提不起劲,快要撑不下去时
我的猫便会悄悄地走过来,贴紧我
在抱进怀里抚摸它的柔暖的瞬间,鼻子一酸

裂开的乌云突然下起了太阳雨
一声"支棱起来呀",便击穿虚空撞进我的耳膜

我曾怀疑过这个骗吃骗喝家伙的隐秘身份
怀疑它受过训练,执行某种特殊任务
要不然,当它从我的诗里跳出时
可怜的诗怎么就像淋湿的羽毛
贴着地面扑腾,一遍遍体验起飞失败的沮丧呢

我承认我被我的猫驯服了
这不只是屈服于抚摸老虎的乐趣,屈服于
一出门便急着回家,看上去很没出息的诱惑
更像是获得了熨烫悲凉虚空的秘方
它让我感受一种永恒,叫做,与我的猫在一起

阁楼的窗户开向大海

还记得吧,阁楼的窗户是开向大海的
凭窗远眺,S形的海岸线
拖着海与陆地相互侵咬的不规则印痕
消失于海平线的一剑横截

昏茫孤寂的夜晚,星星的闪烁
也许是为了给黑暗点个高级差评吧
可是,盛夏的海滩上,那发烫的鹅卵石
却在焦躁地期待乌云对烈日的遮挡

起雾了,能见度越来越低
那艘出海未归的白帆,不会出什么事吧
不然,深海的暗礁上
怎么又多出一部滑出时间的悲剧故事呢

盘旋于岛之上空的鸥鸟,俯瞰着
陷入漩涡的航船是怎样在"不得不"中轮回
又是怎样像鲸鲨一样,腾空一跃
以完美的弧线突围,继续破浪于航程的汹涌

再陪我走一段吧

我想知道你每天在手机上都点击些什么
我想让你再陪我走一段

要不一起去兜兜风吧,太闷了这里
好像有一种被无形绳索勒住喉咙的窒息感

漂泊于异乡,为何总是在方言的
迷雾里打转,深一脚浅一脚地跌跌撞撞呢

夏日的黄昏,一抹斜阳慵懒地扫过临街塔楼
沉默的窗户在钢筋混凝土里张望

海滩上咸味的鹅卵石,不停地
重复着沉重的古老对白,和鲜有顿挫的音调

那精致的,像蜘蛛一样结网、赚钱的勤快人
任凭眼泪从汗毛孔里流出,却从不需要

对人生十字路口的上空,切条重估,拽出意义
只是偶尔奢侈地把胳膊举过头顶,伸个懒腰

而狂欢后被遗弃的街巷,总会在皱皱巴巴的叹息里
给收藏记忆的空杯,空椅发去链接

当那半是安慰半是恫吓的雷电滚滚而过
梦里的乡音便挑起童谣,在雾锁的峡谷上空回荡

抬眼之间,手机投屏的弹幕,从右向左缓缓跳动——
异乡是必要的,它提醒漂泊的人:故乡最美